행복,
철들어 사는 재미

행복, 철들어 사는 재미

초판 1쇄 발행 2020년 1월 20일

지 은 이 박종구
발 행 인 권선복
편   집 한영미
디 자 인 최새롬
전 자 책 서보미
발 행 처 도서출판 행복에너지
출판등록 제315-2011-000035호
주   소 (157-010) 서울특별시 강서구 화곡로 232
전   화 0505-613-6133
팩   스 0303-0799-1560
홈페이지 www.happybook.or.kr
이 메 일 ksbdata@daum.net

값 15,000원
ISBN 979-11-5602-773-7 03810

도서출판 행복에너지는 독자 여러분의 아이디어와 원고 투고를 기다립니다. 책으로 만들기를 원하는 콘텐츠가 있으신 분은 이메일이나 홈페이지를 통해 간단한 기획서와 기획의도, 연락처 등을 보내주십시오. 행복에너지의 문은 언제나 활짝 열려 있습니다.

지금 당신 안에서 반짝이고 있는

행복,
철들어 사는 재미

박종구 지음

도서
출판 **행복에너지**

추천사

나는 내가 300단인 줄 알고 아이를 가르치려
했다. 좀 더 일찍 알았더라면 서로에 대한 원망
과 회한을 남기지는 않았으리라. "아이를 통해
서 부모는 어른이 된다."는 생각을 미처 하지
못했다. 아이에게 미안하다.

김제곤 (교사, 아동문학평론가)

수십 년을 보아왔던 작가의 소탈함과 진정
성이 느껴지는 글을 읽었다. 나는 과연 행복한
삶을 살아왔는가에 대해 생각하게 된다. 그 예
전 '수렁배미' 논에서 허리춤까지 빠져가면서
모내기를 했던 기억도 가물거린다. 돌아보지

않으며 달려온 세월들이 아쉽다. 어떻게 살아가야 할까? 책을 통하
여 행복의 의미를 되새겨 본다.

박종영 (경기도경제과학진흥원 혁신기획실장)

글이 소박하다. 평범한 일상을 이야기한 줄
로만 알았다. 놀랍게도 세상의 모든 물음에 답
을 던져주고 있다. 그 어떤 철학책보다 깨달음
의 깊이가 깊다. 내가 누구인지, 삶의 목적이
무엇인지, 어떻게 살아야 하는지에 대한 답을
명쾌하게 제시하고 있다.

김동연 (삼덕특수아스콘(주) 대표이사)

눈을 뜨고 있으니 다 보는 줄 알았고, 살아서
움직이고 있으니 세상에 나와 있는 줄 알았다.
그런 나에게 책은 일침을 가했다. 나의 현주소
를 정확하게 일깨워 주었다. 앞을 보지 못하는
심 봉사로서 캄캄한 우렁이 껍질 속에 갇혀 있
다는 사실을 마주하게 하였다.

김석기 (회계사, 다율회계법인 구로지점 대표)

수많은 시간, 온몸으로 느끼며 축적해 온 삶에 대한 진실한 공부를 한 권의 책으로 녹여내 당당히 우리 앞에 내놓은 형의 노고와 진지함에 머리 숙여 감사하다. 오랫동안 교단에 서서 아이들과 함께 생활하면서 나를 억눌러왔던  미안함과 답답함들이 이 책을 읽으면서 녹아 사라지는 감동을 맛보았다.

이현우 (안양 충훈고등학교 한문교사)

철학적인 깨달음을 이처럼 쉽고 간결하게 풀어준 책을 만난 적이 없다. 철학의 3대 질문에 대한 답도 확실하다. "나는 누구인가? 나는 자연이다." "어떻게 살아야 하는가? 자연의 마음으로 살아라." "자연의 마음은 무엇인가? 자연의 마음은 순리와 지혜다."

유성수 (전 한솔제지 부사장)

모든 사람의 내면에는 지고지순한 진아眞我가 존재한다. 우리는 대부분 이를 모르고 밖으로만 눈을 돌리고 아주 먼 길을 순회한다. 사회생활과 내면의 탐구를 병행하고 있는 작가는 삶과 본성이 둘이 아닌 하나라는 것을 평범한 일상을 통하여 쉽게 풀어내고 있다. 이 시대를 살아가는 고뇌에 찬 현대인들에게 희망의 메시지를 전해주는 전령사가 되어 주심에 찬사를 보낸다.

이혜경 (소이당한의원 원장)

첫 직장의 입사동기로서 저자의 삶을 잘 알고 있다. 30년이 넘는 기간 직장생활을 하면서 그 바쁜 시간에 '경제활동과 마음공부를 어떻게 병행 했을까?' 저자는 이제 철학자로서의 손색이 없는 면모를 갖춘 느낌이다. 책에는 마음공부를 실천하는 삶이 고스란히 녹아 있다.

최재덕 (신동아건설(주) 안전담당부장)

후배인 저자의 글을 읽었다. 먹고사는 일에만 매달려온 내 삶이 조금은 부끄럽다. 삶을 소홀히 하지 않고 가다듬으면서 살아온 저자의 삶에 존경을 표한다. 다행히 깨우침을 아낌없이 나누어 주어서 고맙다.

김종식 ((주)포스라이팅 대표이사)

마음에 대한 정의가 확실하다. '내 마음'과 '자연마음'을 알고 나니 세상이 달라 보였다. 지금까지 살아온 삶을 되돌아보게 되었다. 앞으로의 인생항로를 새로이 가다듬을 수 있을 것 같다. 감사할 따름이다. 많은 사람들에게 일독되어졌으면 하는 바람이다.

이동섭 (강동삼성안과 원장)

미안하지만 기성작가가 아니라서 글이 투박하다고 생각했다. 대수롭지 않은 내용쯤으로 여겼다. 그런데 읽었던 내용이 도대체 머릿속을 떠나질 않고 맴돈다. 이런 울림은 처음이다. '돌아봄의 나이라서 그런가?'

정철 (법무법인 일원 구성원변호사)

저자는 지금 책을 읽고 있는 나에게 철없는 놈이라고 말하고 있다. 나이는 먹었지만 어른이 아니라고 지적하고 있다. 그런데 하나도 기분이 언짢지가 않다. 오히려 고맙고 감사하다. 참으로 오랜만에 들어보는 잔소리다운 잔소리다.

전세진 (세진환경테크 대표이사)

어린 시절을 추억하게 한다. 요동치던 마음이 차분하게 가라앉는 느낌이라고나 할까? 들과 산을 누비던 아이가 어른으로 성장하는 과정이 담겨있다. 살면서 종종 내가 어른인지에 대한 의구심이 들었었다. 왜 그런지 연유를 알았다.

서익섭 (현대자동차 부장)

들어가는 글

세상은 행복 그 자체다.

세상이라는 행복 속에서 행복하지 못할 이유가 없건만, 행복하지 않은 이들이 넘쳐나는 현실에 안타깝기만 하다.

묻지도 않고 답을 얻으려 하는 것은 우물가에서 숭늉을 찾는 격이다. 물음이 있어야 답을 얻을 수 있다. 물음표가 필요한 모든 이들과 묻고 답하는 방법을 공유하고 싶은 간절함이 글을 쓸 수 있게 했다.

2018년 5월의 한낮, 봄볕은 따스함을 지나 약간은 더위를 느끼게 한다.

뭉게구름처럼 피어난 벚꽃으로 분홍빛 분단장을 한 안양천 제방을 걷고 있다. 흐르는 물결의 반짝거림은 가던 길을 멈춰 세웠다.

여울목에선 간간히 잉어들로 인해 솟구치는 물방울의 향연이 펼쳐지고 있다. 산란을 위해 한강에서 거슬러 오는 잉어들의 힘이 전해져 왔다.

자연과 하나임을 확인하는 순간, 세상은 행복으로 가득했다.

명상수업이 예정되어 있는 고등학교 정문에 들어섰다.

운동장에서 축구를 하며 내뱉는 우렁찬 외침들, 현관 앞 공터에서 펼쳐지고 있는 댄스연습 중인 아이들의 현란한 몸동작들, 복도와 교실에서 들려오는 청춘들의 재잘거림 등 아이들의 생동감이 벅차게 다가온다.

아! 이곳이 천국이 아니면, 그 어디에 천국이 있으랴.

지금 이 순간, 자신들이 얼마나 가슴이 벅찬 위치에 머물고 있는 것인지를, 아이들은 알고 있을까?

자신들이 얼마나 축복받은 자리를 차지하고 있는지를, 선생님들은 알고 있을까?

시작을 알리는 차임벨이 울리는 동시에 교실이라는 사각의 링에는 부정의 아이콘을 대표하는 선수들만이 가득했다. 그렇게도 생동감으로 타오르던 청춘은 반항적이거나, 부정적이거나, 무기력하거나, 도전적이기를 선택한다.

여기에 있는 목적이 무엇인지를 물었다. 공부, 성적, 대학, 성공, 취업, 돈 등의 대답이 주로 나왔다. 진리, 자유, 행복, 자아실현, 완성 등 거창한 수식어를 기대한 것은 아니었지만, 그래도 이에 빗대어 철학을 바탕으로 한 고뇌 섞인 답변 하나쯤은 있으리라는 작은 바람이 있었기에 가슴 한쪽이 저려왔다.

언감생심 철학 과목은 기대하지도 않았다. 예체능 과목마저도 빈약하기 그지없는 칠판 옆에 붙여진 이들의 수업시간표, 지금의 상황을 불러온 원인을 가늠하기에 충분했다.

아이들의 문제가 아님이 분명했다. 이들을 사각의 링에 올린 것은 어른들이다. 부모와 교사와 지도자인 어른들이 우울하고, 불안하고, 화가 나 있으니, 아이들을 자신들의 싸움터에 참전시켜 대리전을 치르게 하고 있는 모양새다.

부모님과 선생님이 행복하지 않으니, 아이들도 행복하지가 않다. 더욱이 어른들이 만들어 놓은 사각의 링은 더더욱 싫을 수밖에 없다.

어른들도 답이 없으니, 답을 줄 수가 없다. 어른들도 아이들도 답답하기는 마찬가지, 이런 난감함을 어찌 헤쳐간단 말인가?

인간은 누구나 육체를 정리해야 하는 지점에 다다르게 된다. 그 지점은 대부분 호스피스 병동의 베드 위가 될 것이다.

숨이 멈춰버리는 순간, 나라고 하면서 붙들고 있던 몸뚱이는 더 이상 내가 어찌할 수가 없는 아주 하찮은 물질의 덩어리로 전락하고 만다.

하물며 몸뚱이도 이럴진대 돈, 명예, 가족, 친구 등 내 것이라고 하면서 붙들고 있었던 것들이야 말할 필요가 있으랴?

그때 가서야 물을 건가? "나는 무엇을 위해 살았는가?"라고. 어리석다 함은 시기를 거스르는 일이다. 씨 뿌리는 시기를 놓친 농부는 가을에 거둘 것이 없는 법이다. 죽음의 문턱에 서게 되는 날, 거둔 것이 없으니 허허로움뿐일 것은 당연한 이치다. 이때 할 수 있는 일이란, 그저 회한하는 것밖에는 아무것도 없지 않겠는가?

정신을 차리고 살아야 한다는 말은 이를 두고 하는 말이지 싶다. 어른이라면, 한 번쯤은 깊이 생각해 봐야 할 부분이다.

나이를 먹어가며 내가 어른인지를 생각할 때가 많다. 어릴 적, 어른이 되면 세상의 모든 일에 막힘이 없어 행복해지는 줄 알았었다. 그랬던 것이 이제 내가 그 나이가 되어보니, 상황이 정리가 된다.

어른을 판단하는 기준은 나이가 들었음이 아니라, 행복한 사람인지 아닌지의 가부에 따라 결정된다는 생각이다. 왜냐하면 '행복'은 물음에 답을 찾아가는 와중에 '깨달으며 사는 재미'이기 때문이다.

"나는 누구인가?"

"삶의 목적은 무엇인가?"

"어떻게 살아야 하는가?"

위의 질문은 철학의 3대 질문이자, 우리 삶의 3대 물음표임에 틀림이 없다.

물음표로 답을 고뇌하는 사람, 먹고사는 일에 매달리는 중에도 문득문득 질문을 떠올리는 사람, 어린 후배들과도 자연스럽게 질문에 교감하는 사람, 삶에 지쳐 견디기 힘들 때에도 질문을 생각하며 다시금 일어서는 사람은 어른의 길에 들어선 사람이다.

나를 구성하는 주체는 몸과 마음이다. 그중에서도 나를 주도적으로 이끌고 있는 것은 마음이다. 그러나 세상에는 나하고 마음이 같은 사람은 존재하지 않는다.

세상의 모든 사람은 각자 '내 마음'을 가지고 산다. 구체적으로 보면 사는 게 아니라, 끌려다니고 있다고 보는 것이 타당하다.

이 '내 마음'에서 누구나 행복을 그린다. 그린다는 것은 마음이 원하고 있는 것을 구체화시키는 것을 의미한다. 구체화의 결과로 흥분과 쾌감이 주어진다. 이를 이름 붙여 행복이라고 한다. 흥분과 쾌감은 수명이 아주 짧다는 치명적인 단점이 있다. 마음은 그 달콤함에 취해 계속해서 원하는 것을 그려가며 구체화시키길 반복하게 된다. 그러므로 삶은 끝없는 탐욕에 항상 허허로울 수밖에 없다.

'허허로운 마음에서 벗어나 언제나 행복한 삶을 살 수가 있을까?'

"나는 누구인가?" '나는 자연이다.'
"삶의 목적은 무엇인가?" '어른으로 항상 행복하게 사는 것이다.'
"어떻게 살아야 하는가?" '순리와 지혜 자체인 자연의 마음으로 살아야 한다.'

너무나도 단순 명료한 답이지 않은가? 언제부터인가 알면서도 외면하고 사는 당연한 이야기를 하고 싶었다. 태어난 이유와 목적이 있다는 사실을 함께 나누고 싶었다.

Contents

제1장

나는
누구인가?

제2장

내려놓기가 어려운 당신에게

제3장

행복에 관한 고찰

제 4장

다시 만난
나에게

제 5장

길을 잃은
당신에게

나는 누구인가?

고개 숙이지 마십시오.
세상을 똑바로 정면으로 바라보십시오.
- 헬렌 켈러 -

지금이야말로 일할 때다.
지금이야말로 싸울 때다.
지금이야말로 나를 더
훌륭한 사람으로 만들 때다.
오늘 그것을 못하면
내일은 그것을 할 수 있는가?
- 토마스 아켐피스 -

자신이 해야 할 일을
결정하는 사람은
세상에서 단 한 사람,
오직 나 자신뿐이다.
- 오손 웰스 -

삶을 향한 깨달음

한동안 도축회사에서 근무한 적이 있다. '한가득'이라는 표현이 맞겠다. 1, 2층으로 나누어진 화물차에 돼지가 빈틈없이 실려있다. 아침나절 도축장 입구의 풍경이다.

한 시간 남짓이면 전살기電殺機에 의해 도축되어질 운명이다. "꺼~억 꺼~억" 비좁다고 아우성이다. 물고, 뜯고, 올라타고, 공간다툼이 살벌하다. 중간 중간 압사당한 개체와, 힘에 밀려나 구석에서 겨우 숨만 헐떡이고 있는 개체도 있다. '아비규환'의 전쟁터와 다름이 없다.

'저게 내 모습이구나! 하나도 다르지 않구나!'

매일 마주하던 일상이었지만, 한동안 그 자리에서 꼼짝할 수가 없었다. 생명이 끝나가는 앞에서조차 본능적인 욕구에만 급급해하는 가축의 모습에서 나는 왜 나의 모습을 비춰보게 된 걸까?

보장되어진 생명이 아니기에, 생과 사는 항상 그 궤를 같이하고 있다. 다만, 내가 인정하기를 거부할 뿐이다.

너무 오랫동안 '물음과 의심'에 인색한 삶을 살았었다. 물을 곳은 없었고, 강요를 당한 것처럼 삶이라는 대열에 합류했다.

가고 있는 길이 혹여 잘못된 길일 수도 있겠다는 생각을 할 틈이 없었다. 살기 위해서 먹는다는 명분을 내세우고는 있지만, 대부분이 먹고사는 것에 치중되고 있는 삶이었다.

"어디서부터 잘못된 것일까? 나의 본질은 무엇이고, 삶의 목적은 무엇인가?"라는 물음은 도축되는 가축과 나를 구분 짓는 경계선이었다.

밀가루의 본질은 밀이다. 밀가루의 쓰임새와 목적은 빵이나 국수 등 밀가루 음식으로 탄생되는 것이다.

밀가루는 쌀이 본질인 쌀가루처럼 떡이 될 수가 없다. 설령 만들어진다고 한들, 그에 상응한 역할을 부여받기에는 부족하다. 맛이 나질 않는다.

요리의 대가들은 유난히 재료에 각별한 신경을 쓴다. 음식의 맛은 재료들의 성분과 성질이 중요하기 때문이다.

자신의 본질과 쓰임의 목적을 모르고 산다는 것은, 만드는 음식이 무엇인지도 모르고 아무 재료나 닥치는 대로 섞는 것이나 마찬가지다.

"나는 누구인가?"

'나는 자연이다.'

너무나도 분명하지 않은가.

자연은 순리라는 시스템에 의해서 유지된다. 바람이 불고, 비가 내리고, 생명이 다하면 흙이 되고, 태양이 불타고, 지구가 자전과 공전을 하며, 공기가 있고, 충만한 에너지가 있다.

에너지는 뭉치고 흩어지나 없어지지는 않으며 더해지거나 줄지 않고 본래의 상태를 고스란히 유지한다.

이 세상의 모든 것들은 에너지를 담고 있으며, 자연이 아닌 것이 없다. 그러므로 정확하게 순리에 의해서 돌아가게 되어있다. 또한 자연은 절대로 특정한 것에 지배를 당하여 역행을 하지 않는다.

70대 이상의 노인들 중 자연사한 경우 80% 이상이 암을 가지고 있었던 것으로 보고된다. 이런 경우처럼 자연에 순응하는 삶은 모든 것을 자연스럽게 유지시킨다.

건강한 삶은, 자신이 누구인지를 정확하게 인식하고 순리의 시스템으로 사는 일이다.

아버지는 돌아가실 때까지 산과 들을 벗 삼아 시골에서 농사를 지으며 사셨다. 어머니가 몸이 불편해지자 자식들은 부모님을 도시로 모셔왔고, 아버지는 채 1년을 버티지 못하고 84세를 일기로 생을 마감하셨다.

돌아가시는 순간까지도 담배를 찾으실 정도로 흡연을 하셨으니, 폐암을 가지고 있었으나 진행이 안 된 상태로 멈추어져 있었던 것 같다.

이런 가운데 자연을 이탈한, 갑작스럽게 시작된 도시의 생활이 스트레스를 가져왔고, 암의 진행이 왕성해지며, 이를 이기지 못한 것 같다.

삶의 목적은 '순리대로 행복하게 지금 여기에 사는 것'이다. 그러나 우리는 태어나면서부터 지금까지 본질과 목적을 망각하고 살았다.

오래전부터 그렇다고 믿고, 강요되어 온, 가짐과 채움만을 추구하는 삶을 살고 있다. 행복을 가져다줄 것이라는 것들의 집착에서 벗어나야 한다.

삶의 목적을 이루는 일보다 중한 것은 없다. 먹고사는 것을 다한 후에 생각나면 건드려 보는 것은 어리석음이다.

목적은 정확해야 하며, 가장 크고 넓어야 하고, 완전해야 하며, 불변해야 한다. 목적이 없는 삶은 허허롭다.

자연이니 자연스럽게 살면 되고, 행복의 존재이니 행복하게 살면 되는 것이 진리였다.

누굴 통하여 물어볼 것도, 데려다 달라고 매달릴 필요도 없었던 것이다. 단지 우리는 경계선에서 깨달음의 질문만 하면 되는 것이었다.

"나는 누구인가? 어떻게 살아야 하는가?"

깨달음은 인간의 모든 문제를 푸는 열쇠를 얻는 일이다.

'깨달음이란? 지혜와 순리다.'

지혜는 인과因果를 아는 것이다. 답답한 것이 없어지는 경계이다.

지혜를 가지면 세상의 모든 의문과 의심이 사라진다. 물을 것이 없어지는 경계지점을 넘어가게 되는 것이다. 세상의 벌어진 모든 일들의 원인을 알고 있으니 혜안慧眼이 생긴 것이다.

순리는 사는 방법을 아는 것이다. 삶의 목적을 기준 삼아서 사는 것이다. 행복만을 기준 삼아야 한다. 가지려는 마음으로 행복하지 않다면 취하지 말고, 채웠더니 불안하면 비우면 된다. 내가 있어 자존심으로 화가 난다면, 나를 없애면 되는 것이다.

깨닫는다는 것은 지식이 더해져서 얻는 것이 아니다. 불이 꺼진 방 안에 불이 켜지는 것과 같다. 감고 있는 눈을 뜨는 것처럼 쉽고도 단순한 일이다. 아주 오랫동안 고착화된 습관을 벗는 일이다.

천 길 낭떠러지에 매달려 있는 앞을 보지 못하는 사람에게 길을 지나던 사람이 말했다.

"손을 놓으시오. 발밑은 파란 잔디밭이라오."

"어찌 그리 모질단 말이오. 내가 보지 못한다고 거짓말을 하게. 그러지 말고 제발 좀 살려주시오."

깨달음은 이렇듯 쉽고도 어렵다. 그러나 거창하지도 거창할 수도 없다. 그저 삶에 물음표를 던지는 노력만이 필요할 뿐이다. 눈을 뜨고 자유롭게 걸어가면 되는 것이다.

"인간은 완전한 신의 창조물이다."라고 말한다.

완전함이란 한 치의 오차도 없는 100%를 의미한다. 따라서 창조물인 인간은 완전한 존재라는 믿음이 전제된다. 그 만들어진 재질은 자연이고, 만든 목적은 행복이다.

인간의 수명은 70~100년 정도이다. 이 시간들을 나누어 보면 대략 20~30년은 배우고, 30~40년은 책임지고, 20~30년은 관리를 하며 산다.

책임의 기간을 준비하기 위하여 배움의 기간을 보내게 되고, 관리하는 시간을 준비하기 위하여 책임의 시간을 보내게 되며, 정작 남아있는 시간도 죽음으로 달려가는 몸을 관리하느라 허비하고 만다.

'태어난 순간부터 행복하게 살면 그뿐'이라는 것을 잊고 있다. 오류를 일으킨 것이다.

뜻과 목적은 만든 이의 몫이다. 이것을 인정하고 믿는 것이 '깨달음'이다.

오류는 나에서 비롯된 문제이다. 내가 할 수 있는 것은 단지, 완전함이 이끌도록 놓아주는 것뿐이다. 그것이 지혜이고 순리이다.

한가득 실려있던 도살 직전의 나의 모습(?), 그날의 여운은 '깨달음의 등불'이 꺼지지 않도록 하는 연료가 되고 있다.

2

멈추기

인간의 삶은 마음이라고 불리는 선장이 몸이라는 배를 빌려 타고 가는 것이라고 할 수가 있다. 왜냐하면 삶이라는 바다 위를 인생이라는 항로를 따라 항해하기 때문이다.

몸은 항해를 멈추어야 하는 순간, 신호를 보낸다.

H그룹에서 근무하던 그때가 그랬다. 복통이 왔다. 음식물만 들어가면 통증이 시작되었다. 쥐어짜듯 시작되는 아픔은 새벽잠을 깨우는 알람시계 역할을 했다. 의사는 별다른 몸의 이상은 없다고 하였다. 처방받은 약도 시간이 지나며 효과가 없었다. 물조차 먹지 못하는 경우도 있었다. 통증은 몇 개월간 지속되었다.

명상을 권유받았다.

오롯이 내면을 바라보는 시간, 오랜만에 느껴보는 편안함과 여유로움이었다.

괴롭히던 복통은 몇 달 후 감쪽같이 사라졌다. 배가 전복될 위험에 처하자 몸이 멈추고, 보살펴 달라는 신호를 보낸 것이었다.

새로운 업무환경에 적응 중이라서 불안과 긴장이 지속되고 있는 상태였다. 그러나 젊었고, 멈춤을 모르고 있었기에 별다른 생각을 못했었다.

당시만 해도 멈춤이라는 단어가 생소했다. 명상이니, 내면을 본다느니 하는 것들은 사치스런 놀음이라고 생각하는 분위기였다.

생소한 경험은 호기심을 가져왔다.

명상과 마음공부에 흥미를 가지게 되었고, 마음에 관련된 독서의 양을 늘렸다.

우연히 찾아온 멈춤이 나를 내면의 공부로 안내한 것이다. 멈춤으로 인하여 항로가 바뀐 것이다.

이렇듯 멈춤은 내면을 보기 위한 첫 번째 과정이다.

길을 물으려면 가던 길을 멈춰 서야 하는 것처럼, 멈춤의 신호는 다양하게 온다.

몸을 통해서, 마음을 통해서, 나와 관계된 모든 것에서 신호가 온다.

몸으로 통증을 겪는다. 소중한 인연의 죽음을 마주한다. 공들여 쌓은 탑이 무너진다. 자존심이 짓밟힌다. 우울하다. 속상하다. 화가 난다. 세월호의 아픔이 있었고, 911 테러도 있었다. 이 모든 것들은 우리를 멈춰 서게 하는 신호다.

멈춘다는 것은 마음을 지금 여기에 머물도록 한다는 것을 의미한다.

마음은 대부분 과거나 미래에 머물고 있다. 과거와 미래는 세상에 존재하지 않는 영역이다. 없다는 의미이다. 다만, 나만이 있다고 착각을 하고 있을 뿐이다. 내면을 바라보기 위해서는 착각 속에서 나와야 한다.

멈춤을 하는 방법은 숨을 쉬는 것처럼 간단하다. 그저, 마음이 호흡을 따라만 가면 된다.

'숨이 들어가고 있구나.'

'숨을 내쉬고 있구나.'

놓치지 않고 느끼기만 하면 된다. 굳이 단전호흡을 배울 필요도 없다.

생각을 멈추게 하는 가장 좋은 방법이다. 명상의 핵심이라고 해도 과언이 아니다.

"이게 뭐야?" 할 수도 있다.

간단한 것 같지만 실천은 그리 만만하지 않다. 익숙하지 않기 때문이다.

단어만 다를 뿐이지, 우리는 멈춤이라는 말을 많이 하고 있다.

"정신을 차려라."

"정신을 차리자."

무시로 하는 말이다 보니, 의미와 뜻을 두지 않아서 그렇지, 깊은 의미를 내포하고 있는 말이다.

너의 마음이 가있는 곳은 없는 세상이니, 빠져나오라는 의미이다.

혜민 스님의 책 『멈추면, 비로소 보이는 것들』처럼, '내가 왜 아직 이걸 보지 못했지?'라는 말이 저절로 나올 만큼, 멈춰서 보면 보이지 않던 나의 주변이 보이기 시작한다.

나를 위해서 존재하였던, 작고 소소한 것들이 구석구석 예쁘게 꽃피고 있었음을 알게 된다. 처음 이런 경험을 접하고 머릿속에 떠올렸던 말이 있다.

'정말 미안해!'

왜 그랬는지 모른다. 지금까지 세상에서 벌였던 나의 모든 것들이 그저 미안할 따름이었다.

"참을 인忍자 셋이면 살인도 면한다."는 말도 멈춤을 의미한다.

'지금 여기, 지금 여기, 지금 여기'에 머물러 있어 보라는 것이다.

모두 과거의 일임을 되새겨 보자는 것이다.

멈춤은 몸의 긴장을 풀어 따뜻함이 찾아오게 한다. 마음이 포근해지는 것을 느낄 수가 있다.

사랑이 싹트는 조건이 만들어지는 순간이다. 그러니 살인도 멈추게 할 수 있는 것이다.

또한 마음의 포근함은 면역력을 증가시켜, 자가 치료의 효과를 가져오게도 한다. 그러니 몸에 이상이 느껴질 경우 약과 병원을 찾기에 앞서 자신의 마음을 먼저 바라보는 것이 지혜로운 모습이다.

멈추기는 행위를 하는 것이 아니라서 때와 장소를 가리지 않아도 된다.

주변을 의식할 필요도 없다. 운전 중에도, 상담 중에도, 화장실에서도, 출퇴근 하면서도, 언쟁을 하면서도, 지적을 당하면서도, 지적을 하면서도 가능하다.

아이들과 대화할 때를 보자.

'오늘은 차분하게 대화로 풀어보자.'는 결심이 무너지는 데 걸리는 시간은 순식간이다.

엄마의 바다 같은 마음은 밴댕이 소갈딱지로 변한다. 다정한 말씨는 어느새 비수로 변한다. 아이의 구석구석이 난도질되는 순간이다.

좋은 결과를 얻고자 했던 목표가 사라진 지는 오래다. 서로의 화를 푸는 전쟁터가 되고 만다. 이럴 때 숨을 들여다보는 것이다. 멈춤이 필요한 순간이다.

숙면을 도와주는 특효약이 될 수도 있다.

잠자리에 누워 가만히 들이쉬고 내쉬는 숨을 따라가다 보면, 내

달리던 마음이 멈춘다. 여기에 감사함이 조미료처럼 가미된다면 금
상첨화, 효과는 배가 될 수 있다.

　멈춤, 생활이 변하고 주변이 바뀌는 것을 확인하는 순간을 맛보
게 된다.

《 내면을 위한 시간 》

잠들기 전
하루를 정리하는 기도

출퇴근할 때
버스나 지하철에서 잠시
무료하게 있는 것

한가로이
고즈넉한 커피숍에서
홀로 커피 향에 취하는 것

가끔은
가던 길을 멈추고

하늘을 올려다보는 것

초록이 짙어오는 봄볕을 느끼며

나뭇잎 바람결에 살랑이는 것을

눈물 머금고 바라보는 것

이 모든 것들은

아주 작고 소소한 행복을

마음껏 주워 담는

내면을 위한 시간이다

휴대전화를 잠시 꺼보는 여유

어떠세요?

바라보기

아름다운 밤하늘의 별빛은 아주 오래전에 별에서 출발한 것이다. 이 중 일부는 사라져 이 세상에 존재하지 않는 별의 흔적일 수도 있다. 이처럼 우리가 살고 있는 우주는 인간이 만든 시간이라는 틀의 개념을 초월하여 우리 앞에 존재한다.

지구 밖으로 나갔던 대부분의 우주인들은 미약한 자신의 존재를 발견하고, 철학자적인 깨달음을 추구한다고 한다.

자신의 뿌리라고 생각한 지구가 무한한 우주 앞에서 티끌 같은 존재임을 확인했기 때문이다. 인생의 전환을 맞는 성찰을 한 것이다.

코페르니쿠스의 지동설이 천동설을 뒤집는 데 걸린 시간과 역사가 그리 짧지만은 않다. 인간이 눈으로 실물을 확인하는 것에 길들여져 있음을 알 수 있다. 왜곡된 시공간을 고집하는 편향성이 강한 동물임에 틀림이 없다.

지구에서만 보던 것을 우주에서 바라본 것뿐이다. 보는 관점만을 달리한 것이다. 극히 일부분 편향적인 시각만 바뀌었을 뿐인데도 자신의 존재가치를 되돌아보게 된 것이다.

깨달음이 그렇다. 나의 존재가치에 물음을 가지기만 해도, 잠시 달려가는 마음을 멈추기만 해도, 삶은 달라진다.

바라본다는 것은, 밖으로 향했던 관점을 나에게로 돌려 '내면을 바라봄'을 뜻한다. 익숙하지 않은 것이기에 딱히 와닿지 않을 수도 있다. 고집스럽고 편향성이 강한 동물인 경우 더욱더 그렇다. 눈으로만 보고 살았기에 모든 문제가 밖에 있었다. 해결에 대한 답도 그곳에 있다고 확신한다.

몸 눈, 마음의 눈, 가슴 눈, 사람은 세 개의 눈을 가지고 있다.

몸 눈은 밖을 보는 눈이다. 마음의 눈은 비교해서 보는 눈이다. 가슴 눈은 자신을 향한 내면의 눈이다. 몸 눈과 마음의 눈은 이란성 쌍둥이다. 둘이 붙어있으니, 가슴 눈이 자리할 틈이 없다. 그래서 가슴 눈은 외톨이다.

몸 눈이 보게 되면 마음이 비교하고 판단하게 한다. 있는 그대로 보는 걸 용납하지 않는다. 마음의 눈은 과거의 데이터를 저장하는 창고다. 저장된 데이터를 아집我執으로 편집하고 가공하여 저장하고 있다. 저장된 데이터는 마음으로 저장했으니 실재實在하지 않는 허상이다. 이 세상에는 존재하지 않는 흘러간 과거의 잔재들이다.

경상북도 의성의 쓰레기 산이 사회적인 문제인가 보다. 얼마 전
에는 필리핀으로 수출된 쓰레기에 대한 기사가 언론에 보도된 적도
있다. 재활용 자재로 둔갑하여 수출된 것으로 필리핀 정부의 항의
로 다시 국내로 반입되고 있다고 한다. 지구촌 전체가 쓰레기로 인
해서 몸살을 앓고 있다. 마땅히 처리할 방법을 찾지 못하고 있기 때
문이다.

'과연 이런 쓰레기만 문제일까? 마음 창고에 저장한 데이터는 재
활용 자재일까? 혹시, 쓰레기는 아닐까?'

부패는 안 되었는지, 냄새가 나지는 않는지, 침출수가 흘러 주변
을 오염시키고 있지는 않는지 궁금해진다.

나는 크게 몸과 마음으로 구분되어진다. 몸을 움직이는 주체는
마음이다. 우리의 몸은 2~3일만 배변을 못해도 건강에 적신호가 켜
진다. 하물며 하루에도 5만 번뇌를 일삼는 '나의 주체인 마음'이야
오죽하겠는가?

쓰레기는 쓸모가 없는 것, 환경오염의 주범, 폐기 처분해야 하는
것, 빨리 빨리 치워야 하는 것, 오래 두면 썩고 악취가 진동하는 존
재다.

'마음의 데이터'도 이와 다르지 않다. 어찌 보면 이보다도 못한
더 쓸모없는 존재인지도 모른다.

이 존재는 현재에는 없는 과거의 일이다. 세상에 존재하지 않는

다. 아집으로 편집 가공되어 객관성이 없다. 내 주장덩어리일 뿐이다. 그러므로 이 마음의 쓰레기는 나의 눈을 가리는 장벽이며, 숙면을 방해하는 불면증의 원인이다. 원수를 만들어 괴롭힌다. 우울, 공황, 화, 분노, 자살, 중독, 다툼의 제공자이다.

"내 이야기를 책으로 쓰면 10권도 모자란다."

어머니는 종종 이런 말을 했다. 그만큼 사연을 겹겹이 마음에 담고 있다는 말이다. 평생 '화병'으로 당신은 물론 가족들을 힘들게 했으니, 어머니의 마음에도 아주 큰 쓰레기 산이 자리하고 있었음을 짐작할 수 있다.

쓰레기는 거슬리고, 불편해야 청소를 한다. 그렇지 않고 견딜 만하면 내버려 둔다. 신경 쓰지 않게도 된다. 더러는 아예 쓰레기의 존재를 의식해 본 적도 없고, 청소라는 것을 접해보지 못한 경우도 있다. '마음청소'가 이런 경우에 해당된다. 마음에 쌓아둔 쓰레기를 당연한 것으로 생각한다. 그러니 쓸모없는 쓰레기 짐을 잔뜩 짊어지고 산다.

아프다. 마음이 아프다. 쓰레기로 몸살을 앓기 시작한다. 마음이 끌고 다니는 몸이니, 당연히 탈이 날 수밖에 없다.

애꿎은 밖에다가 화풀이를 한다. 애초에 그곳이 문제의 근원이 아니니 답이 나올 리가 없다. 그저 답답할밖에.

'바라봄'은 '멈춤'을 통해 찾게 된 여유로움으로 '내면을 바라봄'을 의미한다. 딸을 통하여 눈을 뜨게 된 심 봉사처럼 그렇게 가슴 눈을 뜨는 것이다.

《 가슴 눈 》

내 눈은 언제나 상대만을 바라봅니다.
본 것에서 문제를 삼고
그것에서 원인을 분석하고 답을 찾으려 합니다.

언제나 상대만을 탓하고 있습니다.
상대가 변해야
상대가 바뀌어야 한다고 합니다.

그 상대가 안 변하니까
그 상대가 바뀌질 않으니
또 그 상대를 억지로 바꾸어보려 하니
스트레스뿐입니다.

부릅뜬 그 눈을 감아야 합니다.
멈춰서 가만히

들숨과 날숨을 느껴보십시오.

우주와 호흡을 맞추십시오.

조용히 가슴 눈을 여십시오.

가슴 눈이 있습니다.

심청이와 그 아버지 심 봉사가 뜬 눈이 가슴 눈입니다.

가슴 눈이 떠질 때

세상의 지혜가 열립니다.

모든 것이 다 자기로부터 일어나고 있음을,

세상 모든 일이 자기 때문임을 고스란히 인정하고

무릎 꿇을 때

세상은 그지없이 편안하고 아름답습니다.

세상을 향한 눈을 감으십시오.

세상을 향한 그 눈이 감기지 않으면

세상의 지혜는 없습니다.

세상은 지혜입니다.

가슴 눈을 뜨고,

가슴 눈으로 바라보십시오.

내 아이를

내 동반자를

세상의 모든 사람들을

내려놓기

내려놓는 것은 마음에 저장된 데이터를 삭제하는 작업이다. 쓰레기를 치우는 것이다. 배변을 하는 행위이다. 마음을 비울 때는 배변을 하면서 아깝다고 중단하거나 남겨두지 않는 것처럼 미련 없이 내려놓아야 한다. 배변활동을 원활하게 하지 못하면 고통을 겪는다. 마찬가지로 내려놓기를 대수롭지 않게 생각할 경우, 삶 전체가 흔들려 불행을 겪을 수밖에 없다.

가지고 있는 것을 내려놓는다는 것은 힘이 든다. 더군다나 그것이 값어치가 나가는 것이라면 더욱더 내려놓기가 어렵다. 반면 하찮은 것이라면 쉽게 포기하고 버릴 수가 있다. 거기다가 가지고 있으므로 해서 손해를 본다거나 불행을 가져올 수도 있고 목숨이 위험하게 된다면 앞뒤를 재지 않고 내려놓는다.

이를 잘 보여주는 텔레비전 프로그램이 있다. 〈나는 자연인이다〉라는 프로그램이다. 치열한 생존경쟁의 도시생활을 접고 자연으로 들어온 출연자들은 하나같이 말하고 있다.

"죽을 것 같아 들어왔다. 내려놓으니 그렇게 편안할 수가 없다. 그 무엇과도 바꾸지 않을 행복한 삶을 누리고 있다. 다시는 과거로 돌아가고 싶지 않다."

시한부 말기 암 진단을 받았거나 각종 불치의 성인병을 가지고 들어온 몇몇 출연자들은 건강을 되찾았다고 말하기도 한다.

이것은 각종 약초, 신선한 음식, 맑은 공기 등 자연조건의 영향일 수도 있겠으나, 모든 걸 내려놓은 마음의 변화가 가져온 결과이다.

마음의 쓰레기는 '자존심'이라는 이름으로 포장되어 나를 지켜주는 역할을 자처하고 있다. 이것이 상처를 입거나 무너지게 되면 목숨을 버리거나, 각종 심리적 장애를 갖게 되어 고통을 받게 된다.

대부분 자존심을 나와 동일시하는 오류를 범하기 쉽다. 그래서 삶의 목적을 자존심을 지키는 것으로 삼는 경우도 발생한다.

아집, 고집, 아상我相, 틀 등은 자기 기준잣대로 편집된 과거의 기억덩어리로서 내려놓아야 하는 대상을 지칭하는 이름이다.

이것들은 자기가 만든 것이므로 자기만 볼 수 있다. 어느 누구한테도 보이지 않는다. 그래서 없다고 한다. 단지, 자기만이 있다고 고집하는 허상덩어리이다.

　　이것들이 눈이 보고 있는 것에 개입을 해서 오염을 시키게 된다. 이분법의 세상을 만든다. 현재의 세상에 머물지 못하게 하는 방해꾼의 역할을 한다.

　　원수라는 말은 현재형인 것 같지만 과거형이다. 지금에 일어나고 있는 일이 아니라, 과거에 있었던 일이다. 지금 여기에만 집중한다면 원수가 존재할 수가 없다. 하지만 마음의 데이터는 저장된 원수를 수시로 끄집어내어 앙갚음의 칼을 갈게 한다.

　　당연히 과거의 원수이니 지금 여기에 존재하지 않는다. 나만이 없는 상대를 있다고 착각하여 원한을 풀겠다고 날뛰고 있는 것이다. 이런 행동을 한다고 해서 상대방에게 위해가 가해지거나, 물리적인 영향이 미칠 수는 없다. 날뛰고 있는 나만 힘들고, 지치고, 분할 뿐이다. 괜히 허깨비와 싸우느라 내 몸만 축나게 될 뿐이다.

　　'내려놓음'은 인정하는 것에서부터 출발한다.

　　마음에 저장된 기억들은 오염된 허상덩어리이다. 전혀 쓸모없는 쓰레기이다. 세상에 존재하지 않는다. 나만 있다고 착각하고 있는 것이다. 나를 세상과 단절시키는 차단막일 뿐이다.

　　미련을 갖지 말아야 한다. 좋은 추억도, 생각하기조차 싫은 기억도 모두가 쓰레기임에 틀림이 없다.

　　'내려놓음'은 아집我執인 나만의 기준잣대를 꺾는 작업이다. 또 이것들은 나를 괴롭히는 조건들로서 아무런 값어치가 없음을 평가하는 지혜가 있어야 한다.

'내려놓음'을 소홀히 할 경우 목숨을 위태롭게 할 수도 있다. 반대로 통이 큰 '내려놓음'은 더없이 값진 것을 얻는 기회가 되기도 한다.

가장 높고 큰 '내려놓음'이 있다. 예수와 석가께서 몸소 보여주신 '내려놓음'이다.

그분들이 위대한 것은 우리에게 생명을 주셨기 때문이다. 육신으로 가지고 태어나 신으로 부활하는 길을 열었기 때문이다.

그분들은 내려놓음의 지혜로 세상과 내가 하나임을 증거하였다.

예수께서는 "아버지 뜻대로 하소서."라는 말씀의 기도로서 기꺼이 목숨을 내려놓고, 하나의 살아있는 진리로 승화했다.

석가는 모든 사람이 지향하는 가짐의 자리, 왕의 자리가 보장된 신분을 내려놓고, 가장 낮은 자리로 내려갔다. 이로써 부처의 경지에 올라 세상을 비추고 있다.

'내려놓기는 배려이고, 이해이고, 사랑이다. 세상을 밝히는 일이고, 나를 살리는 일이다.'

내 마음

'마음'은 '자연마음'과 '내 마음'으로 나누어진다.

그냥 '마음'이라고 하면 '자연마음'을 일컫는 것이어야 옳다. 우리가 흔히 말하는 '마음'은 '내 마음'이라고 해야 한다.

하나는 살아있는 마음이고, 하나는 세상에 존재하지 않는 없는 마음이다.

실체가 없는 마음을 공부할 수 없으니 마음공부를 한다고 할 때는, 살아있는 마음 '자연마음'을 일컬음이다.

반면, 심리나 상담을 공부하는 것은 '내 마음'들을 연구하는 것이다. '들'이라고 한 것은, 내 마음은 모든 사람이 각각 있다고 주장하는 것이니, 세상 사람 수만큼 다양하게 많기 때문이다. 인간마음이라고 하는 편이 더 나을는지도 모르겠다.

나는 몸과 마음으로 되어있다. 몸이 나라고 생각할 수 있지만, 실제로는 마음이 몸을 지배하고 있으니 마음이 나라고 해야 옳다.

나의 주체는 내 마음인 것이다. 몸은 그저 내 마음이 머무는 거처 정도일 뿐이다.

아침에 눈을 뜨고 잠자리에서 일어난다, 세수를 한다, 아침식사를 한다, 양치를 한다, 몸단장을 한다, 출근을 한다, 하루의 일과를 처리한다, 퇴근을 한다, 씻는다, 저녁식사를 한다, 여가시간을 즐긴다, 잠자리에 든다 등은 모두 내 마음이 결정해서 몸이 활동하게 했다. 그러니 몸이 독자적으로 한 것은 아무것도 없다.

'내 마음'이 같은 사람은 하나도 없다. 신분을 증명하는 지문처럼, 모든 사람의 마음이 다르기 때문이다. 마음을 찍는 기계가 있다면 그 어떤 신분을 증명하는 방법보다 정확할 것이다.

사람의 마음은 실체가 없다, 지금 여기에 없다, 시시각각 변한다라는 공통점을 가지고 있다.

'내 마음'은 세상에 존재하지 않는 없는 마음이라서 다른 사람에게 보여줄 수가 없다. 설령 있다고 하더라도 자기만의 기준잣대로 왜곡하고 편집해서 만든 거짓일 뿐, 아무런 효용가치가 없다.

살아온 세월만큼 '내 마음'은 차곡차곡 쌓인다. 눈덩이처럼 커진 마음은 커다란 바위가 되어 내 삶의 중심 자리를 꿰차고 있다. 마음은 조건에 따라 번갯불처럼 튀어나와 사사건건 삶에 관여한다.

한恨 많다, 사연이 깊다, 사연이 많다, 마음이 괴롭다, 마음이 아프다, 마음이 편치 않다, 철천지원수, 그리운 사람, 나쁜 사람, 답답하다, 죽고 싶다 등 이게 다 무슨 말일까?

모두 '내 마음'을 드러낸 말이다.

세상에 존재하지 않는 마음 때문에 이처럼 힘들어하고, 괴로워하는 것을 보면 참 알다가도 모를 일이다. 사람이 바보라서 그렇다.

어느 날 수행자가 스승을 찾아갔다.

"마음이 괴롭습니다. 마음이 편해지는 방법을 알려주십시오."

"괴로운 마음을 내놓아라."

"내놓을 마음이 없습니다."

"없다고 하였느냐?"

"예, 없습니다."

"괴롭다는 마음이 없으니, 되었구나."

이처럼 평소 내면을 위한 공부에 조금만 관심을 가진다면 쉽게 마음의 괴로움에서 벗어날 수 있다.

정신만 차리고 있으면 아주 우연한 기회에 마음이 없다는 것을 확인할 수 있다.

"마음을 먹는다."고 표현한다. 그러니, 먹었으니 배출을 해야 한다는 공식이 성립된다. 먹고 배출을 하지 않으면 탈이 난다. 마음의 병이 생기는 것이다.

배출의 첫 번째 과정은 인정이다. 앞에 언급한 것과 같이 '내 마음'은 실체가 없다. '내 마음'은 자존심으로 포장된 쓰레기만도 못한 허상이다. 그러니 실체가 없는 쓰레기만도 못한 허상을 붙들고 힘들어할 이유가 전혀 없다. '내 마음'은 세상에 존재하지 않는 허상임을 확실하게 인정해야 한다.

"마음을 바꾼다."고도 하는데, 이것은 '내 마음'을 '자연마음'으로 바꾼다는 의미이다. "본래로 돌아간다."는 말과 같은 말이다.

구체적으로 말하면 바꾼다는 표현보다는 '내 마음'이 없음을 인정하는 순간, 바로 '자연마음'이 드러난다고 보는 것이 타당하다. 그러니 정신을 차린다는 것이 그리 어렵지만은 않다.

특정한 사건을 놓고 다툼을 하는 것을 살펴보면, '내 마음'의 실체가 더욱 확연해진다. 동일한 장소와 시간 속에 있었던 당사자들이건만, 마음의 퍼즐 조각은 일치하는 것이 하나도 없다. 각기 자기의 퍼즐 조각이 맞다고 주장하고 있다.

이런 공식은 부부, 부모자식, 동료, 형제자매, 연인 등 가까운 사이에서도 드러난다. 이해가 얽혔거나 다수의 조합이라면 그 간극은 더 크게 벌어진다. 한바탕 전쟁이 일어나는 것이다.

"한마음 등반대회, 한마음 체육대회, 한마음 한뜻으로"라는 구호 아래 열리는 행사를 종종 볼 수가 있다.

한마음은 뭘까? 어떻게 하면 한마음이 될까? 한마음은 '내 마음'과 '내 마음'이 뭉쳐야 한마음이 된다. 각자의 마음에 들어앉은 커다란 바위가 치워져야 되는데 쉽지 않은 일이다. 애초에 불가능한 일이다.

"한마음이 되면 조직이 불협화음 없이 잘 돌아가겠지." 하는 운영진의 바람이 드러나 있다. 구호처럼 된다면 더할 나위가 없겠지만, 하나가 되어보자는 다짐은 불과 며칠도 못가 처음으로 되돌아가고 만다. 처음부터 뜻과 방법도 모른 채 시작한 것이니 당연한 결과다.

한마음은 '자연마음'의 영역이다. '내 마음'에서는 애당초 불가능한 일이었다. 자연의 마음에는 '나'라는 개체가 없다. 언제나 하나밖에 존재하지 않는다. 그러므로 '한 마음'이 되려면 각자 내 마음을 내려놓아야 한다. 나라는 생각조차 없어야 가능한 일이다.

'내 마음'이라는 것은 내가 살아온 기억과 그 기억을 기초로 하는 생각들이다. 이 세상(지금 여기)에 존재하지 않는다. 자기 혼자만 존재한다고 착각하고 있는 것이다. 이런 내 마음을 가지고 자기 앞에 펼쳐지는 일상의 모든 것들을 판단하게 된다.

살아왔다고 하는 기억 또한 자기의 주관적인 잣대로 평가하고 판단하여 저장한 것이다. 사실과 다르게 왜곡되어 있을 수밖에 없다.

우리는 이런 '내 마음'으로 살아가고 있다. 몸은 지금 여기에 존재하지만, 내 마음은 언제나 과거에 그 뿌리를 깊이 내리고 있다.

'내 마음'은 지금 여기에는 존재하지 않는다. 그러나 그것이 존재하지 않는 것이라는 것을, 단 한 번도 의심해 본 적이 없다. 또한 그것이 나의 자유로움을 방해하고 있다는 것을 전혀 눈치채지 못하고 있다. '내 마음'이 없는 세상은 상상할 수조차 없다. 우리 모두는 이 마음으로 힘들다, 슬프다, 괴롭다, 속상하다, 불안하다, 외롭다고 한다.

우리는 매 순간 오감과 상상을 통하여 마음을 먹는다. 먹었지만 배출하지는 않는다. 이렇게 쌓여진 마음은 아집과 아상으로 나라는 중심 틀을 만들어 나를 움직이고 있다. 그래서 힘들고, 불안하고, 고통스럽다. 우리 모두 마음을 청소하고 '자연마음'으로 돌아가 언제나 행복하기만 했으면 좋겠다.

자연 마음

청산은 나를 보고 말없이 살라 하고
창공은 나를 보고 티 없이 살라 하네
사랑도 벗어놓고 미움도 벗어놓고
물같이 바람같이 살다가 가라 하네

청산은 나를 보고 말없이 살라 하고
창공은 나를 보고 티 없이 살라 하네
성냄도 벗어놓고 탐욕도 벗어놓고
물같이 바람같이 살다가 가라 하네

(청산혜요(靑山兮要)-나옹선사)

'가슴이 답답하다. 답답해서 미치겠다.'고 생각되어, 힘든 적이 있었다. 청산과 창공의 손짓이 가슴에 와닿기 전까진 그랬다.

어느 날 아름드리나무를 품에 안아봤다. 답이 왔다. '너도 사는구나. 한자리에만 머물러 있는 너도 사는구나. 수백 년을 사는구나.' 우주를 담고 우직하게 자연으로 서있는 나무가 답을 품고 있었다.

"못생긴 나무가 산을 지킨다."는 말이 있다.

잘생긴 나무는 빨리 베어져 목재로 쓰이지만, 그렇지 못한 나무는 베어지지 않고 큰 나무로 자란다는 이야기다. 대기만성형의 사람도 있으니, 쓰임에 맞게 인재를 등용해야 한다는 말이다.

나무는 자연 그 자체다.

그렇기 때문에 못생긴 나무의 특징은 나무가 자라는 지형의 영향을 많이 받았다고 볼 수 있다. 나무는 비탈의 정도, 척박한 상태, 암반의 분포, 기온, 방향 등 자연조건에 맞춰 자기를 변형하며 삶을 지탱한다. 처음부터 못생긴 나무와 잘생긴 나무로 시작된 것은 아니다.

자연의 일부분으로 자기를 낮추고, 생존의 조건에 최적화되도록 적응을 하다 보니 못생긴 나무가 되었다. 나무가 위대하게 다가왔다. 지혜롭게 순리의 삶을 이어온 위풍당당함에 고개가 절로 숙여졌다.

사람은 어떤가? 물론 사람도 자연이다. 당연히 자연스런 순리의 삶을 살아야 한다. 하지만 사람은 '자연의 마음'을 모르고 산다. 그러니 '내 마음'을 가지고 내 멋대로 산다.

한때 잔디정원이 있는 아담한 단독주택을 꿈꿨던 적이 있다. 길을 가다가도 맘에 드는 집이 있으면 발길을 멈추고 유심히 살펴본 적이 많다. 주인이 봤으면 오해를 했을 수도 있다.

도시권의 정원이 딸린 주택은 공통적인 특징이 있다. 대부분이 육중한 대문과 높은 담벼락, 겹겹이 설치된 보안장치에 둘러쳐져 있는 모습을 하고 있다.

골목을 걸으며 즐겼던 부동산 투어는 자연마음을 알아가면서 멈춰졌다. 원하던 집을 소유하고 정원을 얻었다면 평생 그곳에 갇혀 생을 마감했을 것이다. 내가 만든 감옥에서 세상을 두려워하며 긴장된 삶을 살았었지 싶다. 잔디나 깎고, 풀이나 뽑으면서.

'내 마음'의 정원을 빠져나오자 대우주의 자연정원이 펼쳐졌다. 산도, 강도, 바다도, 들도 모두 나의 정원이었다. 내가 힘들여 가꾸지 않아도 언제나 그렇게 아름답게 가꿔지는 세상이 나에게 준 선물.

눈물이 볼을 타고 흘렀다. 감사와 창피함이 교차되는 지점에서 한동안 눈물을 쏟아내야 했다.

자연의 재해로 사람이 죽거나 피해를 입었다고들 한다. 사실인지를 살펴볼 필요가 있다.

2011년 일본에서 일어난 9.0 강도의 대지진은 엄청난 쓰나미를 몰고 왔다. 쓰나미로 인한 사망자 수는 2만 명을 넘었으며, 이재민의 수도 10만 명에 이르렀다. 후쿠시마 원전사고라는 엄청난 재난도 불러왔다.

　자연재해인 것 같지만, 원인을 분석해 보면 자연재해가 아니다. 인간이 만든 재난이다. 자연에 순응하는 삶을 살았다면 당연히 자연재해를 예상하여 바닷가를 피해서 살았지 않았겠는가 싶다.

　원자력발전소와 핵연료도 사람이 만들었고, 위험한 장소에 건설하였으니 결과적으로는 사람이 일으킨 재난이다. 자연의 흐름에 따라 순응하던 시대에서는 도저히 일어날 수가 없는 재난들이다. 자연에 도전하고 역행한 대가라 할 수 있다.

　병에 걸리면 대개는 약을 먹거나 병원엘 간다. 몸이 나라고 생각하는 '내 마음'으로 사는 사람들의 대처방식이다. 단순하게 몸만을 생각하고, 쉬운 길을 택한다. 이렇게 하다 보면 일시적으로는 치료효과는 보겠지만, 병의 근원을 찾아서 치료하기에는 역부족이다. 치료과정의 여파로 심각한 후유증을 겪거나 몸의 다른 곳을 약화시키는 부작용을 가져오게도 한다.

　치료가 불가하여 병원치료를 포기했던 환자가 자연으로 들어가서 회복되는 사례를 종종 보게 된다. 이 경우에 공통적으로 "욕심을 버리고 마음을 비우니 스트레스가 사라지고 행복하다."는 이야기를 한다. 우리 몸이 자연이니, 자연에 나를 맡기면 저절로 자가 치료의 기능이 살아나서 건강이 회복된다는 증거이다.

　사람의 몸에서 혈액의 역할은 무척 중요하다.

  적혈구는 각 세포에 산소와 영양분을 공급하고, 백혈구는 면역 기능을 담당한다. 스트레스를 받아 긴장을 하게 되면 몸은 경직된다. 긴장이 지속되게 되면 혈액의 흐름을 방해한다. 기氣가 막히게 된다. 혈액의 흐름이 원활하지 않으면 세포 내의 산소와 영양분의 불균형을 가져오고 면역기능을 떨어뜨린다. 건강의 적신호가 켜지는 것이 당연한 이치다.

  기氣를 막히게 하는 스트레스는 마음의 병을 가져온다. '자연마음'으로 되돌리는 방법이 최선이다. 되돌린다는 것은 내려놓는 것이다. '내 마음'이 비워져야 '자연마음'이 되돌아온다. 그래야 산다.

  오래 살려고 한다. 아주 발버둥을 치고 있다. 그러나 정작 오래 살아서 무엇을 할 것인지에 대한 목적은 없다. 그러면서 한편으로는 편안하게 죽는 게 소원이란다. 아이러니하기만 하다.

  천국에 살겠다고 소원을 빈다. 그런데 죽어서 가겠단다. 죽은 다음에도 갈 곳이 있을는지는 모르겠지만, 죽은 다음에 가는 것이 무슨 의미가 있을지 모르겠다.

  천국에는 날카로운 칼 그물이 촘촘하게 쳐져있다고 한다. 그러니 천국은 이 몸뚱이 부여잡고는 갈 수가 없다는 의미이다. 나라는 생각이 눈곱만큼이라도 있으면 칼 그물에 걸려 갈갈이 찢겨 나갈 수밖에 더 있겠는가?

  '칼 그물은 누가 만들까?' 물론 '나'라는 아집이 칼 그물을 만들었다. 고집이 강할수록, 욕심이 많을수록 칼 그물은 더 질기고 뾰족하고 단단해진다.

칼 그물을 풀고 녹이는 방법은 내려놓음이다. 그래야 '내 마음'을 버리고 '자연의 마음으로, 세상의 마음으로, 하나님의 마음으로, 부처님의 마음으로' 돌아가게 된다.

'그물에 안 걸리는 바람과 같이. 그물에 안 걸리는 저 강물과 같이.'

지금 여기에

잠에서 깼다. 새벽 4시 30분을 가리키고 있다.

평소보다 1시간 이상 일찍 눈이 떠진 것이다. 아침잠이 많은 편이라서 이런 경우는 흔하지 않은 일이다. 전날 오후에 벌어진 일들이 떠오르면서 머릿속이 복잡해진다.

지난 일들과 앞으로 대응할 일들이 떠올라 마음이 요동을 친다. 잠을 청해보지만 복잡해진 생각에 더 이상 잠이 오질 않는다.

늦게까지 서예를 한 아내가 곤히 잠들어 있다. 조용히 잠자리에서 일어나 세수를 했다. 충혈된 눈, 거울 앞에 비친 모습이 왠지 낯설기만 하다.

생수 한 잔을 가지고 공부방으로 들어왔다. 창문을 열었다.

괘씸하고 분한 생각에 적극적인 대응방안을 정리하고자 컴퓨터를 켰다.

오른쪽 눈에 아른거리는 것이 보인다. 눈곱이 있어서 그런 것 같아 눈을 비벼보지만 없어지질 않는다. 화장실로 가서 물로 씻어보지만 별반 나아지질 않는다.

손으로 얼굴을 감싸고, 눈을 감았다. 벌어지고 있는 상황을 정리해 봤다.

회사는 시공했던 플랜트의 준공이 늦어져 운영이 전반적으로 여유롭지 못하다.

귀농하려는 형님은 구입한 토지의 잔금으로 상의를 해왔다. 조금 기다리면 도움을 주겠다고 약속했었기에 부담이 된다.

여의치 않을 경우 고향집을 정리할 수밖에 없단다. 추억이 묻어 있는 집이다. 팔면 안 된다는 생각이 밀려온다.

앞마당에는 20년생 은행나무가 자라고 있다. 가을이면 여러 집이 나누어 먹을 수 있는 은행을 떨구어 준다. 딸아이의 초등학교 입학기념 식수로 심은 나무다.

아직은 미련이 많은 집이라서 애착이 남아있었나 보다.

호흡을 주시하자, 일어난 불이 꺼지기 시작했다.
조용히 물었다.
'지금 행복하냐?'
'지금 어디에 있느냐?'
애착과 미련, 올라온 노여움으로 행복하지 않았다.

지나간 일들과 앞으로 펼쳐질 일들로 '지금 여기'에 있지 않았다.

마음이 차분해지자, 열어놓은 창문으로 차량의 소음이 들렸고, 이름 모를 새들의 지저귐도 들려왔다. 소음도 지저귐도 모두 다 청량하게 들렸다.

'귀가 열려있었건만, 왜 소리가 들리지 않았을까?'

그것은 지금 여기에 없었기 때문이다. 과거라서 이 세상에는 존재하지 않는 '내 마음'에 들어가 있었기 때문이다.

성공도 이와 다르지 않다.

성공을 경험한 사람이 또 다른 성공을 거두기는 매우 어렵다. 왜냐하면, 과거의 성공했던 경험에서 벗어나지 못하고 과거의 경험만을 고집하기 때문이다.

지금의 환경이 과거와는 비교할 수 없을 정도로 달라져 있는데도 이를 인정하지 않으려 한다. 성공했었다는 자신감을 내세우느라 다른 사람의 의견이나 조언을 귀담아듣지를 않는다.

이런 경우, 손실이라고 하는 수업료를 혹독하게 치르지 않으려면 멈추고 내려놓는 방법이 최선이다.

'지금 여기 이 순간'에 집중해 볼 필요가 있다.

순간과 영원은 차이가 없다. 순간이 아닌 적이 한 번도 없기에 그렇다.

순간이 영원이고, 영원이 순간이다. 순간, 순간이 영원과 연결되어 있기 때문이다.

우리 앞에는 언제나 순간만이 주어진다.

지나버린 과거와 도착하지 않은 미래는 우리에게 주어지질 않는다. 세상에 존재하지 않는 것이기에 그렇다. 그러니 나는 오직 지금 여기 이 순간만을 책임지면 된다. 우리가 과거와 지나간 과거에 미련을 갖거나 오지도 않은 미래에 두려움을 가질 필요가 전혀 없는 이유이다.

순간만 용서하면 된다. 순간만 행복하면 된다.

순간 안에 미움, 화, 원수, 불행을 불러들이지 않을 권한을 가지고 있으니 물리치면 된다.

지금 여기에서 행복한 사람이, 나중에도 행복할 확률이 높은 것은 당연한 이치이다. 지금 행복한 사람이 영원한 행복을 가지는 것이다.

우리는 한순간만을 보장받아 태어났다. 그러니 나는 매 순간을 사는 것이다.

"하루살이만도 못하단 생각이 드는가?"

"실망하지 마라."

순간이 영원이니, 우리는 영원을 보장받은 것이다.

'매 순간 지금 여기'에서 '내 마음'을 기꺼이 내려놓기만 한다면 영원한 행복은 저절로 열린다.

그러니 인생의 중반기를 위하여 인생의 초반기를 희생하거나, 인생의 후반기를 위하여 인생의 중반기를 희생할 필요가 없다.

없는 시간을 위하여 주어진 시간을 허비하는 것은 어리석은 짓이다. 이래서 황금과 현금보다 더 좋은 것이 지금이라고 하지 않는가.

'내 마음'을 내려놓고 자연으로 돌아가면 세상은 천국 아닌 곳이 없고, 천국 아닌 때가 없다.

우리는 세상을 살면서 가장 아름다운 천국 중의 천국을 두 번 정도 맞이하지 않나 싶다.

한 번은 태어나서 부모님의 보살핌을 받던 어린 시절이고, 또 한 번은 내가 부모가 되어 아이들을 품고 있을 때이다. 그런데 안타깝게도 우리는 천국이 먼 미지의 곳, 먼 미래에 있다고 착각하여 천국을 모르고 지나쳐버린다. 그것은 그 어떤 무엇이 이루어진 후에야 행복이 찾아온다고 착각을 하고 있기 때문이다.

아이들이 성장하고 나면, 학교 마쳐서 성인이 되면 내 세상 천국이 있을 것이라고 착각한다.

이놈들을 다 키우고 나면 둘이서 행복하리라 생각한다.

악착같이 벌어 쌓아놓으면 행복하게 살 수 있을 것이라는 믿음을 가지고 있다.

원했던 집을 장만하고 나면, 전원생활의 계획이 이루어지면 천국일 것이란, 막연한 희망을 품고 산다.

"와보니, 돼보니 여기가 맞는가?"

"오려고 했던 곳, 되려고 했던 것 여기가 맞는가?"

이런 질문을 죽음의 문턱에서 듣는다면 어떨까?

절대로 어디 가려 하지 말아야 한다.

아이들은 엄마 아빠 품에 있을 때가 천국이다. 아무 걱정하지 말고 정말로 천진난만해야 한다.

갓난아기 때도, 유치원 때도, 학교시절도 절대로 삶의 과정으로 흘려보낼 일이 아니다.

어디를 가야 하는, 무엇이 되어야 하는 과정이 아니고 진짜 삶이다.

비바람 막아줄 언덕이고, 느티나무인 나의 부모가 포근하게 감싸주는 진짜 천국세상이다.

다 키워 내보내고, 번듯하게 키워놓고, 내 노후 편안해 보겠다고, 달려가지 말 일이다.

아쉬움만 남고, 골병 든 몸뚱이만 남는다고 한다.

멈춰야 한다. 이것 되라, 저것 되라, 내몰지 말아야 한다.

어린아이 어른 할 것 없이, 세상사람 모두에게 주어진 시간은 '지금 여기'밖에 없다.

가랑비가 내리는 아침, 출근하는 발걸음이 한결 가볍다.

무심히 지나쳤던 축대 밑 난간에 다육이화분이 가지런히 자라고 있다. 하나도 같은 것이 없다. 화분도, 자라고 있는 다육이도, 자연스러움이 느껴진다.

사람도 다 제각각 개성을 가진다. 타고난 재능을 발휘하고 산다.

하나의 자연에서 살고 있으니, 하나의 마음이면 좋겠다.

아무리 인공지능이 발전되었다 한들 자연의 빈틈없는 지혜만 하랴. 그 어떤 시스템이 물과 바람처럼 걸림이 없는 순리의 시스템에 비교될 수 있겠는가?

전철에 올라 자리를 잡았다.

'들이마신다. 내쉰다.'

가만히 호흡이 들고 남을 따라간다. 포근함이 밀려와 나를 감싼다.

'아! 지금 여기, 천국이 아니면 그 어디가 천국이겠는가?'

제 2장

내려놓기가
어려운
당신에게

손에 든 찻잔이 뜨거우면
그냥 놓으면 됩니다.
그런데 사람들은
뜨겁다고 괴로워하면서도
잔을 놓지 않습니다.
- 법륜 스님 -

걱정의 40%는 절대 현실로 일어나지 않는다.
걱정의 30%는 이미 일어난 일에 대한 것이다.
걱정의 22%는 정말 사소한 고민이다.
나머지는 우리가 바꿔놓을 수 없는 일에 대한 것이다.
- 어니 젤린스키 -

이기면 원망을 낳고
지면 스스로를 더럽히나니
승부의 마음을 떠나면
다툼이 없고 스스로 편안하니라.
- 법구경 -

가만히 서있기

"누구나 한두 번쯤, 인생의 막다른 골목을 마주한다."

이런 경우, 흔들림 없는 '삶의 목표' 설정 여부와 '내면을 위한 공부' 상태에 따라 그 충격 강도는 달라질 수가 있다.

언제부턴가 우리는 문제의 답을 찾아 시간을 멈추고 고뇌하는 법을 상실했다.

검색으로 모든 걸 쉽고도 간단하게 해결하는 '검색 족'으로 빠르게 진화했기 때문이다.

가만히 멈춰 서서 주변을 둘러보는 것이 낯설어졌다. 서로에게 무엇을 묻거나 답하면서 관계를 맺는 일이 사라진 지가 오래다.

과연 짓눌려 있는 삶의 무게를 속이 시원하게 풀어줄 답을 검색만으로 해결할 수가 있을까?

창문을 열었다. 탈출구를 확보해 줄 요량이다.

천장에 부딪히고, 벽에 부딪히고, 한마디로 좌충우돌 중이다. 나가라고 열어준 창문을 모르는지, 이리저리 허둥대고만 있다.

길을 잃은 꿀벌 이야기다.

따스한 봄볕 때문에 잠을 덜 깨고 길을 나선 모양이다. 흥분한 나머지 길을 잘못 든 것인지, 남의 사무실에 허락도 없이 방문을 했다.

도저히 두고 볼 수가 없어서 거들어준다. 힘이 빠질 만큼 빠졌으니, 공격은 못 할 것 같다. 아군과 적군을 구분하지 못하는 녀석이니 조심해야 한다.

벌의 활동반경은 2~4km나 된다.

이런 벌이 갑자기 좁아진 공간에 들어오게 되면서 흥분상태가 되자, 활동감각을 상실하게 된 것이다.

사람도 당황하거나 흥분상태가 되면 시야가 좁아지고 판단력이 흐려진다고 한다. 이성이 감각에 지배당하는 사태에 직면한다.

부모들이 아이들에게 잔소리를 할 때 자칫 잘못하면 이런 사태를 만들곤 한다. 이렇게 되면 전달하고자 하는 용건은 꺼내지도 못하고, 대화는 의도하지 않은 방향으로 전개된다.

흥분을 주체 못하여 화풀이만 하게 되는 실수를 범하고 만다.

'이런 순간에 자신의 상태를 알아차릴 수만 있다면 지혜롭게 대처할 수 있지 않을까?'

알아차리기 위한 방법은 의도적으로 모든 행동을 멈춰 세워보는 것이다.

멈춰 서보면 보인다. 시야가 확보되면서 자신의 어설프고 어리석은 행동이 파악된다.

사태를 수습할 수 있는 기회를 새로이 가질 수 있게 되는 것이다.

'수렁배미'라는 말은 수렁과 배미가 합쳐진 명사다. 지금은 생소하지만 어릴 적 시골에서는 많이 쓰던 말이다.

'수렁'은 곤죽이 된 진흙과 개흙이 물과 섞여 많이 괴어있는 웅덩이를 말한다. 헤어나기 힘든 곤욕을 비유적으로 이르는 말이기도 하다.

'배미'는 벼농사를 짓는 논의 한 구간을 이르는 말이다. '수렁배미'는 수렁처럼 무른 개흙으로 된 논이라는 의미를 가진다.

수렁논에 있는 수렁은 그저 찬물이 솟아나고, 이를 흙이 머금고 있는 곳이다.

이곳에는 모내기를 한다든지 다른 작물을 심지 못한다. 한마디로 쓸모가 없는 땅이다. 그렇지만 천수답이 대부분이던 시절에 수렁배미 논은 인기가 많았다.

수렁논은 늪지대처럼 발이 푹푹 빠져서 농사짓기가 불편한 점은 있지만, 상대적으로 가뭄에도 항상 물이 넘쳐흐르기에 물 걱정은 없기 때문이다.

요즘은 경운기와 트랙터로 논을 갈고, 로터리 방식으로 논을 고른 후 이앙기를 이용하여 모내기를 한다. 하지만 과거에는 소의 힘을 빌려서 쟁기질과 써레질로 논을 평탄하게 고르고, 일일이 사람의 손으로 모내기를 해야 했다.

수렁논에서는 연례행사처럼 소와 사람이 수렁에 빠져서 곤욕을 치렀다.

사람이 빠지게 되며 움직이지 말고 가만히 서있으라고 했다. 그러면 널빤지를 던져줬다. 사람은 널빤지를 올라타거나 짚고서 쉽게 빠져나왔다.

그러나 소가 문제였다. 소는 한번 빠지면 건져내기가 여간 힘든 게 아니다.

수렁에 빠진 소는 소리를 지르며 발버둥 친다. 사람처럼 가만히 서있질 못한다. 소가 발버둥 치면 칠수록 수렁 속으로 깊이 들어간다.

이 경우 사람의 힘으로 끌어내는 수밖에 다른 방법이 없다. 끌어내는 것이 아니라, 들어 올려 꺼내는 것이다.

널빤지를 소의 양쪽에 넓게 펴고 장정들이 나누어 선다. 소의 배 부분에 긴 나무기둥을 받치고 양쪽에서 들어 올린다. 이것도 소가 발버둥 치다가 힘이 빠졌을 때나 가능하다. 소가 발버둥을 칠 때는 불가능하다.

살다보면 수렁보다도 더 깊은 절망감에 힘이 들 때도 있다. 그때는 움직임을 멈추고, 그 자리에 가만히 서있어야 나올 수 있다. 빠져나오려 발버둥 치면 안 된다. 더 힘만 빠지고 지쳐버린다. 이럴 때일수록 당황하지 말고 주변부터 살펴봐야 한다. 도움이 될 만한 도구도 찾고, 지나는 사람도 불러 모아야 한다.

꿀벌은 유리창 끝에 간신이 매달려 숨을 헐떡이고 있다. 반으로 접은 복사용지를 가지고 녀석을 지그시 밀어본다.

엉금엉금 기어가다가 열린 창문에 다다르자 황급히 날아간다. 정신이 빠졌던 녀석이니, 고맙다는 인사도 없이 가버린다.

'다리가 부러진 제비가 아니니, 박씨를 기대하는 건 무리겠지?'

자유를 얻어 자연으로 돌아간 녀석의 행운을 빌어준다.

자연의 이치대로라면 우거진 숲속에서도 요리조리 잘도 빠져 다니던 실력이니, 창문만 열어주면 알아서 나가야 했다.

벌은 그러질 못했다. 사무실은 사람의 편리에 의해 만들어놓은 공간이라서 자연적이지 않았던 것이다.

'녀석들은 어떻게 수풀 사이를 날아다니는 걸까?'

벌이란 녀석이 자유자재로 날아다니는 걸 보니, 나무가 우거진 숲은 솔바람이 길이었나 보다. 솔바람 내음을 맡고, 솔바람이 안내하는 길을 녀석들은 신이 나서 돌아다녔으리라.

우리들도 잊고 있는 솔바람 길이 있는지 살펴볼 일이다.

벌도 사람도 자연스럽게 살아야 한다. 자연이니 자연으로 사는 게 당연한 이치다.

벌은 인위적인 공간에서 길을 잃었다. 이치에 맞지 않는 곳이라서 그랬다.

사람도 길을 잃었다.

솔바람 부는 길을 잊은 지가 오래다. 자기 자신을 자연이 아니라고 부정하고 살아온 지가 오래되었다.

언제나 돌아갈 수 있을지 모르겠다.

막다른 골목에 다다랐거나 늪에 빠졌는가?

멈춰 서서 살펴라. 내 모습도 보고, 상대 모습도 보고, 주변도 돌아보라.

내 모습이 흉측하거든 긴장을 풀고, 우울해 보이거든 썩은 미소라도 짓자.

정신 줄을 놔버려서 '호랑이한테 물려 죽는다.'는 생각으로 발버둥만 치게 되면 살아날 방법은 없다.

호랑이가 아니고 호랑이 모양의 나무둥치라고 말해도 믿지 않으니, 자기가 자기 목을 조이고 있는 상황은 계속 이어지게 된다.

삶의 막다른 골목에 서게 될 경우, 절망감으로 당황되는 순간을 만나게 된다. 이때는 일단 멈춰 서는 용기가 필요하다. 지혜와 순리가 필요한 순간이다.

절망감에서 극복하는 과정은 사람마다 차이가 있다. 평소에 '회복탄력성'을 키우는 것에 관심을 갖고 실천했던 사람이, 그렇지 않은 사람에 비해 훨씬 빠르게 평상심을 회복한다고 한다.

평소 자신에게 적합한 내면을 바라보는 '공부' 하나쯤 실천해 보는 것, 나를 위해 필수 비타민을 섭취하는 일이 아닐까 한다.

한곳을 응시하기

살면서 '수렁'을 마주치지 않을 수는 없다.

브레이크 없는 폭주기관차를 삶의 단두대 앞에 멈춰 세우고, 두 손을 가지런히 모으게 했으니. 어찌 보면 '수렁'이 부정적인 것만은 아니지 싶다.

'수렁'이 제 발로 찾아온 것은 아니다. 당연히 남의 탓으로 돌리고 싶겠지만, 그럴 일은 아니다.

인정하기는 싫겠지만, '수렁'을 부른 당사자는 '나'다. 수렁은 욕심과 아집의 크기에 비례하여 언제나 정확하게 배달되기 때문이다.

강낭콩은 한자로 채두菜豆 또는 운두雲豆라 한다. 녹말 60%와 단백질 20% 정도를 함유한다. 식용으로 이용되며, 줄기와 잎은 소의 먹이로 유용하다.

강낭콩은 토양을 안 가리고 잘 자란다. 밭이 아니라도 집 주변 자

투리 공간의 땅 한편에 두세 알씩 묻어만 줘도 풍성하게 수확의 기쁨을 준다.

어머니는 강낭콩을 유독 많이 심었다. 병충해에 강하고 재배기간이 짧으니, 빨리 수확할 수 있어 그랬을 것이다. 강낭콩이 수확되는 여름부터는 매끼니 강낭콩 밥을 하셨다.

단백질 섭취가 여의치 않았던 시절이니, 고기를 대체할 만한 것은 이것밖에 없었지 싶다. 참 지혜로운 분이셨다.

나는 콩밥은 좋아했지만, 강낭콩 밥은 싫어했다. 강낭콩의 두껍고 꺼칠한 껍질의 감각과 독특한 향이 싫었다.

지금도 골라낼 정도는 아니지만 강낭콩 밥이 먹고 싶다는 생각을 하지 않는다. 어린 시절의 기억이 아직도 자리 한쪽에 자리하고 있다는 방증이다.

눈치를 보면서 골라내는 것은 곤욕이다. 으레 부엌에서 밥 냄새가 퍼질 때면, 어머니한테 밥을 풀 때 내 밥에는 강낭콩을 넣지 말아달라고 부탁하는 것이 일과였다.

부탁의 효력은 유효기간이 매우 짧다. 애원을 하며 부탁을 했는데도 여전히 밥 속에는 강낭콩이 섞여있다. 그놈은 붉은색 보석처럼 밥에 박혀있다가 고개를 내밀며 나를 비웃는다.

"나 밥 안 먹어!"

"밥에 강낭콩 넣지 말라고 했지?"

나는 투정을 부렸었다.

고른 영양섭취를 위해 강낭콩을 꼭 먹이고 싶었던, 어머니의 마음을 철부지는 알 리가 없었다.

어머니는 강낭콩으로 두 종류의 찐빵을 만드셨다. 하나는 안흥 찐빵과 같은 모양이고. 하나는 추억으로 먹는 술 빵과 같은 모양의 네모난 찐빵이었다.

찐빵에는 팥 앙꼬가 들어간다. 술 빵에는 강낭콩 밥처럼 강낭콩이 통째로 듬성듬성 들어가 박혀있다. 그 당시는 간식이랄 게 없는 시절이니, 찐빵은 유일한 주전부리였다.

하도 많이 먹어서 식상할 것도 같지만 지금도 찐빵을 좋아한다. 찐빵이 생각나면 먼 길을 운전하는 것도 마다하지 않고 기어이 먹어야 직성이 풀린다.

빵을 만들기 위한 빵 반죽은 발효를 위해 전날부터 만들어진다. 그 달콤하고 부드러운 찐빵을 먹을 생각에 잠을 설치는 날이다.

찐빵은 윤기가 흐르는 커다란 가마솥에서 탄생한다.

솥에 물 두어 바가지를 채운다. 나무 삼발이가 놓이면 넓은 채반이 받쳐지고, 삼베 보자기가 펼쳐진다. 그 위에 앙꼬가 채워진 찐빵이 자리를 잡는다.

아궁이에 불이 지펴진다. 가마솥이 눈물을 흘리고 수증기를 내뿜는다. 찐빵 냄새가 온 집 안에 퍼진다. 강아지처럼 부엌 앞을 지키고 서있다.

　모락모락 김이 나는 찐빵을 받아든 날이면 세상을 다 가진 기분이었다.

　그날도 어머니는 두 종류의 찐빵을 만드셨다. 앙꼬 찐빵은 손이 많이 가는 편이라서 자주 해주시진 않았다.

　앙꼬 찐빵을 쪄내고 나면 술 찐빵이 만들어졌다. 찐빵을 만들고 남은 반죽에 강낭콩을 섞는다. 반죽을 삼베 보자기에 넓게 펼친다.

　술 빵이 다 익으면 손에 들고 먹을 만큼의 사각모양으로 잘라서 꺼낸다. 술 찐빵에는 곰보자국처럼 강낭콩이 박혀있다.

　커다란 모란꽃 몇 송이가 탐스럽게 그려져 있는 쟁반 위에 찐빵이 수북하게 담겨진다.

　나는 앙꼬 찐빵만 먹었다. 술 찐빵은 먹더라도 강낭콩을 골라내고 먹었다.

　"쟤는 참 이상한 아이야!"

　옆에서 같이 찐빵을 먹던 작은 누님이 놀렸다.

　"똑같은 강낭콩인데 왜 앙꼬 찐빵에 들어있는 강낭콩은 먹으면서, 술 찐빵에 들어간 강낭콩은 안 먹는 거야."

　'이게 무슨 소리란 말인가! 팥이 아니고 강낭콩이라니.'

　앙꼬 찐빵의 앙꼬 재료가 강낭콩이라는 사실을 처음 알게 된 순간이었다.

　앙꼬의 재료는 계절에 맞게 선택할 수가 있다. 상대적으로 강낭콩이 팥보다 시세가 싸다. 팥은 시장에 팔아 돈을 장만해야 했으니 집에서 먹는 것은 강낭콩이 더 흔했다.

먹는 것에만 눈이 팔려있던 아이의 소견에 팥과 강낭콩을 구분하는 여유는 없었던 것 같다.

되돌아보면, 그 맛있던 앙꼬 찐빵의 실체를 알게 한 사건은 내 철학적 소양의 단초가 되기에 충분했었지 싶다.

멈춰 선 상태에서 한곳에 신경을 모으고 집중한다.

눈을 반쯤 감는다.

시선은 아래쪽 어느 한 지점을 바라본다.

호흡을 바라본다.

지금 여기에 머문다.

지금 나를 지탱하고 있는 것들을 생각해 본다.

이것이 없으면 내가 존재할 수가 없다. 어떤 것들이 있을까?

오직, '지금 여기'에 존재하는 것 중에서 찾아본다.

공기, 땅, 해, 달, 바다, 물, 바람 등 모두 '자연'이라고 부르는 것들이다.

하나씩 없애본다. 내가 존재할 수 없을 때까지 없애보자.

한 가지만 없어도 나는 존재할 수가 없다. 하나하나 모두가 나를 지탱하고 있다.

모두 나를 있게 하는 존재의 근원根源들이다.

지금 내가 목숨처럼 소중하게 여기는 것들을 생각해 본다.

인생의 전부를 바쳐서라도 가지고 싶어 하는 것들은 무엇인가?

'내 마음'에 담겨있는 것 중에서 나열해 본다.

돈, 명예, 권력, 보석, 자동차, 부동산, 사랑, 인연, 자존심, 학벌, 정보, 기술, 직업, 성공, 목표 등 '가짐'이라고 말한다.

하나씩 버려본다. 내가 존재하지 못할 때까지 버려보자.

전부 다를 버려도 나는 존재할 수가 있다. 이것들이 나의 인생의 목적이 될 수는 없다.

나의 본질과는 전혀 무관한 것들이라서 그렇다.

내 인생의 답을 찾아보자.

어느 곳에 답이 있을까?

나의 본질과 무관한 것에 답이 있을 리가 없다.

당연히 답은 나의 존재의 근원인 '자연'에 있다.

지금 여기에서 우리의 근원을 본다. 어떤 존재인지 깨달아본다.

'자연'은,

가두질 못하니 무한하다.

경계구분이 없으니 하나일 뿐이다.

시간이 없으니 영원성을 가진다.

빈틈이 없으니 완전체다.

다툼이 없으니 순리다.

의문이 없으니 지혜다.

'지금 여기'에서 나를 본다.
어찌 살고 있는지 속을 파헤쳐 본다.

가짐은,
가두려 하니 허허롭다.
경계를 구분하니 너, 나가 있다.
시간에 매여 사니 죽음이다.
빈틈만 있으니 불안하다.
다툼이 있으니 아집이다.
답이 없으니 무지다.

눈으로 보는 것만이 진실이 아니다. 찐빵 앙꼬의 진실은 의심과 물음표가 필요 없는 것이었다. 눈과 코와 입과 내 판단력은 절대적이지가 않다.

우리는 삶의 여러 가지에서 무조건적으로 관대함을 보이는 경향이 있다. 관대함이란 단 한 번의 의문과 의심을 하지 않고 굳게 믿는 것이다.

'지금 여기에서, 한번쯤은 냉정함의 의문과 의심이 필요할 수도 있지는 않을까?'

찐빵이 익어가며 내뿜는 따스한 수증기처럼 진리에 대한 그리움
이 많은 사람들로부터 피어오르길 기대해 본다.

3

긴장을 풀기

일이 잘 안 풀려 힘들어하는 사람에게서 안 좋은 일이 연이어 일어나는 것을 보게 된다.

사업의 어려움이나 인연과의 다툼으로 힘들어하던 사람이 심각한 병에 걸리거나, 실수를 연달아 하게 되는 경우도 마찬가지다.

이것은 긴장을 풀고 여유를 되찾아야 하는 순간이 찾아온 것임을 뜻한다.

이런 일은 크고 작건 간에 하루에도 몇 번씩 일어난다. 그러나 대부분은 이를 알아채지 못하거나 알아차려도 대수롭지 않게 생각하고 지나친다.

가랑비에 옷 젖는다, 잔 펀치가 KO로 이어진다는 말처럼, 마음과 몸은 서서히 망가져 가고 있는데도 이를 모르고 다툼을 이어간다.

'여유'란 '삶의 흐름을 자연의 리듬에 맞추는 일'이다.

오케스트라와 합창단이 아름다운 화음을 내는 것을 듣고 있노라면 온몸의 긴장이 해소된다.

'얼마나 많은 시간을 연습했으면 저런 조화로운 음악이 탄생되는 걸까?'

당연히 '1만 시간의 법칙'에 따른 시간을 기본적으로 마쳐야 단원이 된다. 그러니 조화로움은 그렇게 모인 사람들이, 또 그 이상의 시간을 연습하고 노력한 결과물이다.

'자신의 본질인 자연의 리듬에 맞추는 일에는 어떨까?'
'자연의 리듬이 있다는 사실을 알고는 있는 걸까?'

'기도'는 긴장풀기의 최고의 방법이다.

굳이 종교적인 기도의 의미를 담고 있지 않아도 된다. 정안수를 떠놓고 두 손을 모았던 어머니의 새벽기도 정도면 무난하다.

조용히 마음을 가다듬기만 하면 된다. 어떤 잘잘못을 말하지 않아도 되고, 바라는 것을 나열하지 않아도 된다.

'미안합니다. 용서하세요. 고맙습니다. 사랑합니다.'를 담아내고 있다면야 더없이 좋겠지만 구태여 그럴 필요도 없다.

업무에 시달리거나 격렬한 다툼을 벌이게 되면 몸은 극도로 경직된다. 공격적인 자세를 갖춘다. 근육에 힘이 가해진다. 이는 심장박동이 빨라지고 호흡이 가빠지며, 혈관이 수축되고 있다는 의미이다.

체력이 방전된 상태에서 이런 상황이 계속되거나, 반복해서 일어나게 되면 건강에 해롭다.

몸의 경직상태는, 각 부분의 세포를 유지시키고 있던 힘을 전투력을 높여야 하는 곳으로 이동시킨다. 수비의 공백상태가 발생되는 것이다. 수비대가 없으니 적이 공격을 해오면 막을 방법이 없게 된다.

몸을 구성하고 있는 60조 개의 세포에 산소와 영양을 공급하던 기능이 마비된다. 마비 정도가 아니라, 그나마 세포에 남아있던 기운도 빼내간다.

"오장육부가 녹는다." "애간장이 탄다."는 말이 괜한 말은 아닌 것이다.

긴장해서 여유가 사라지면, 오로지 어려움을 이겨내는 것과 승자가 되는 것에만 초점이 맞춰진다. 초점이 맞춰지게 되면 눈을 다른 곳으로 돌리기란 여간 어려운 게 아니다. 몸이 무너져도, 아니 목숨이 위태로운 지경에 처해도 전혀 돌볼 생각을 하지 않는다.

'어부지리'라는 고사성어가 있다.

입을 벌리고 있는 커다란 조개를 도요새가 잡아먹으려고 한다.

도요새는 조개의 입속으로 부리를 집어넣었다. 놀란 조개가 입을 다물었다.

조개는 입을 벌리면 잡아 먹힐까 봐 입을 더욱더 꽉 닫고 있다.

도요새도 어떻게든 조개를 잡아먹겠다는 생각밖에 없다. 이를 본 어부가 조개와 도요새를 한꺼번에 잡아갔다.

한쪽은 먹고살려고 부리를 집어넣었다. 한쪽은 살려고 입을 닫아걸었다.

둘 다 사는 것에만 목적이 있었던 것이다. 멈춰 서서 주변을 둘러볼 여유가 없었다.

현재 우리가 사는 모습을 보는 것 같다.

오직 상대에게만 초점이 집중되어 있다. 너 죽고 나 죽고, 물귀신 작전에 목숨이 위태롭게 된 지가 오래되었다.

오직 물고 늘어지는 자존심 대결이다. 남의 잘못만 보이고, 자신은 흠집은 보이질 않는다.

바둑을 '인생의 축소판'이라고들 말한다.

바둑에서 9단은 신의 경지에 오른 최고수를 일컫는다. 이런 바둑의 세계에서 1단이 9단을 이긴다는 것은 불가능한 일이다. 애초에 게임이 안 되는 수준의 차이가 있기에 그렇다.

부모가 아이를 가르치려 하는 것은 1단이 9단을 이기려는 것보다도 훨씬 더 무모한 짓이다.

부모는 100단이고 아이는 300단이기 때문이다.

'어떻게 100단이 300단을 이긴단 말인가?'

부모는 각기 100단씩을 게놈Genom 지도에 담아서 아이에게 전해

줬다.

아이는 그 200단에다가 자기가 쌓아온 100단을 더해 300단이 된 것이다.

이런 연유로 할아버지 할머니가 손주에게 꼼짝을 못하는 것이다. 조부모와 손주들의 단수는 더 차이가 나기 때문이다.

자식은 이런 존재들이다. 그러므로 부모는 그물을 잘 치는 어부가 되어야 한다.

아들과의 관계로 힘들어하는 부모를 만난 적이 있다.

초등학생 아들을 두고 있었다. 부모들은 게임을 좋아하는 아들 때문에 고민이 많은 듯했다.

아들에게 물었다.

"지금 속상한 것이 있니?" "생일 선물로 원했던 캐릭터를 안 사줘서 속상해요."

엄마는 그물을 치지도 못한 형국이다. 대화 자체를 거부했기에 그렇다.

둘은 재미있는 거래를 통해 행복을 맛볼 수도 있었다.

한번 투망을 던져보는 거다.

"내기를 하자." "네가 이기면 원하는 걸 사주마." "딱 3일간 게임을 멈춰봐라."

아이는 망설였다. 3일 동안 게임을 멈추면 레벨이 떨어진단다.

아이가 반응을 보인 것이다. 흡족하지는 않지만, 어쨌든 그물이 작게나마 던져진 것이다.

강제성을 띠지 않았으므로 아이는 고민을 하게 된다.

일방적으로 게임을 하지 말라고 했다면 고민을 하지 않았을 것이다.

엄마는 아이와의 누적된 갈등으로 아이와 대화를 할 때마다 긴장을 한다.

긴장으로 여유가 없으니 그물을 칠 수가 없다. 엄마는 기회를 상실하게 된다.

아이에게 그물을 치려거든 되도록 넓게 쳐라. 아이를 큰 그물에서 놀게 하자.

내가 던지는 작은 그물에 걸리게 하는 것은, 나하고 똑같은 사람이 되라고 강요하는 것이다.

큰 그물은 여유로움으로, 넓은 마음으로, 자연의 마음으로 펼쳐질 수가 있다.

남 탓을 하게 되면 '열과 불'이 난다.

몸과 마음을 딱딱하게 굳게도 하고, 부서지는 상태로 만들기도 한다.

열은 수분을 빼앗아 간다. 몸과 마음을 말려버린다. 건조하게 만든다.

불은 몸과 마음을 새까맣게 태워버린다. 재만 남게 한다.

남 탓의 결과는 딱딱하게 굳어버린 몸과 새카맣게 타버린 재만 남긴다.

남 탓은 죽음이다.

내 탓은 용서와 사랑이 싹튼다. 내 탓은 매듭을 푼다.

딱딱한 얼음을 녹이고 새싹을 움트게 한다. 내 탓은 생명이다.

4

생각을 멈추기

지나간 과거의 '생각'으로 힘이 들고 고통을 겪는다. 기분이 좋기도 하고 행복감에 젖기도 한다. 물론, 과거의 일이니 방금까지 있었던 일도 포함된다.

생각은 마음을 낳고, 마음은 괴로움을 낳는다. 생각은 내가 아니다. 그러니 생각을 거부할 필요가 있다.

"죽고 싶다, 힘들다, 화가 난다, 불안하다, 무섭다, 끔찍하다, 밉다, 좋다, 싫다, 짜증난다, 사랑한다, 행복하다."라는 말에는 생략된 부분이 있다.

앞부분에는 '생각하여 보니~'가 생략되어 있고, 뒷부분에 '~는 마음의 상태이다.'가 생략되어 있다. 즉, "생각을 더듬어 비교하여 보니, 내 마음의 상태가 그렇게 표현된다."라는 말을 함축하고 있다.

예를 들면 "죽고 싶다."라는 말은, "내 생각을 더듬어 비교하여 보니, 내 마음은 '나는 죽고 싶다.'로 표현된다."라는 말이 된다. 바꾸어 말하면, 생각의 판단 여부에 따라 그 마음이 달라질 수도 있다는 것을 의미한다.

'마음의 상태가 그러하다.'는 것이지, 현재의 상태가 그러하다는 뜻은 아닌 것이다. '생각에 따라서' 죽고 싶다, 불안하다, 좋다, 행복하다 등의 마음으로 바뀔 수도 있다는 걸 의미하기도 한다.

바뀌기도 한다는 말은, 진실이 아니라는 이야기가 된다. 그렇다면, 진실이 아닌 것으로 인하여 내 삶이 좌지우지되고 있는 셈이다. 그러니 '마음'을 자세히 들여다볼 필요가 있다.

'마음에는 생각과 기억과 상상이 유기적으로 결합'되어 있다. 어느 하나를 제외하고는 마음을 설명할 수가 없다. 마음은 생각과, 기억과, 상상의 통합적인 의미이지만 경우에 따라서는 그 각각이 마음으로 지칭되기도 한다. 따라서 마음을 말할 때에는 '내 마음'이라고 해야 정확한 표현이 된다.

'마음'은 '생각에 의한 태도의 표현'이다. 생각에 의해서 태도가 달라지기도 한다는 의미이다. 생각은 마음의 핵심소재이며, 과거형이다. 지금 여기에 존재하지를 않는다.

이 뜻은 마음으로 표현된 주관적인 것이지 객관적인 사실이 아니라는 이야기이다. 객관적인 사실이 아니므로 믿으면 안 된다. 믿게 되면, 그것은 아집이다. 자기만의 옹고집 주장일 뿐이다. 잘못된 신념을 갖게 되고 삶은 괴로움으로 빠져든다.

'생각'은 '떠오르는 기억과 상상想像'이다. 지금 여기에 존재하지 않으며, 나만 볼 수 있고, 이분법으로 비교하고 판단한다. 실체도 없는 존재가 오염된 상태로 나타나 나를 괴롭힌다.

떠오르는 생각의 실체를 보자. 단지 내가 과거에 겪었던 일들의 흔적들일 뿐이다. 그러므로 실체도 없는 것 때문에 매달려 애원하고, 원망하고, 흥분할 필요가 없다.

'기억'은 '과거의 주관적인 경험의 흔적'이다. 100% 내 기준으로 판단한 것이며, 감정으로 오염되어 있다. 흔적일 뿐이고 오염이 되었다는 의미는, 가치가 없는 쓰레기라는 결론이다. 그런데 왜 쓰레기를 보듬고 있는 것일까? 그것은 쓰레기를 처리하는 마땅한 방법을 몰라서다.

'상상想像'은 '마음으로 그린 그림'이다. 상상은 마음이 원하고 있거나 예상하고 있는 것을 그려낸 가상이다. 실체가 없는 가짜 허상이란 뜻이다. 이를 가지고 산다 죽는다 하고, 죽일 놈 살릴 놈 하고 있다. 허깨비 놀음은 이런 것을 두고 하는 말이다.

"우울하다."는 것은, "내 생각을 더듬어 비교하여 보니, 내 마음은

'우울하다'로 표현되었다."는 것이다. 지금 여기에 우울한 조건이 있어서 우울한 것이 아니다. 우울한 조건들이 있었던 과거의 기억이 우울하다는 표현이다.

그 기억들은 그 당시의 감정들로 오염되어 있다. 그러므로 비교해서, 우울한 기억과 상상을 더듬고 있는 생각을 멈춰야 하는 때이다.

잘못해서, 우울의 기억과 상상이 실재하고 있다고 인정을 하게 되면, 마음의 눈덩이는 탄력을 받는다. 순식간에 몸집을 키워낸다. 거대한 바윗덩어리로 변해버린다.

"불면증이 심하다."는 것은, '생각이 꼬리를 물고 이어짐'이다. 하룻저녁에도 기와집을 수십 채씩 세우기도 하고, 부수기도 한다는 이야기이다. 밤새 마음이 그림을 그리고 있으니, 편안하게 잠을 잘 수가 없다.

그림 그리는 것을 중단해야 한다. 자칫하면 허깨비 놀음으로, 밤을 새워 가시덤불을 헤집고 다니게 된다.

"원한을 품었다."는 것은, '과거의 흔적을 앞에 놓고, 세상을 심판하고 있다는 의미'이다. 그 흔적은 남 탓으로 오염되어 있고, 심판의 기준잣대는 자기 주관적이다. 화해와 용서라는 잣대가 필요한 때이다.

'자살'은, '마음이 바늘구멍처럼 쪼그라들고 있어, 더 이상 숨을 쉴 수가 없는 상태'이다. 생각을 더듬을 틈도, 마음을 표현할 기운도 남아있질 않다. 자살의 행위 이전에, 벌써 숨이 막혀버린 것이다.

멈추기에는 이미 때가 늦은 아쉬움의 순간이다.

어떻게 하면 생각을 멈출 수가 있을까?

'마음의 핵심소재는 생각'이다. '생각의 핵심소재는 기억과 상상'이다. 이를 멈추게 하는 가장 좋은 방법은 생각의 책임이 100% 자기 자신에게 있음을 인정하는 것이다. 인정한다는 것은, 악착같이 붙들고 있었던 것을 놓아줄 준비가 되었다는 뜻이다.

원래 마음과 생각이란 것은 존재하지 않았다. 없다고 인정하는 것만으로도 생각은 멈춰진다. 왜냐하면, 없던 것이 생겨난 것은 나로부터 시작된 일이라서 그렇다. 그것이 존재한다고 인정하여 믿음을 갖기 시작한 순간부터 문제는 생겨났다. 그것은 거대한 실체가 되었고, 나를 조종하는 애꾸눈 선장으로 변한다.

또 한 가지 방법은 믿는 것이다. '허상이므로 당연히 없어진다.'는 믿음이 필요하다. 실체가 없다는 믿음, 없어진다는 믿음으로 생각의 꼬리는 잘려 나간다.

'생각을 멈추는 일은 새로운 세상에 첫발을 내딛는 일이다. 자연의 품에 안겨 제대로 된 숨쉬기를 한번 해보는 것이다.'

아! 항상 지금 여기에만 머물 수 있다면…….

나를 버리다

　명상과 요가 등으로 마음을 챙기려는 사람들이 많아지고 있는 추세다. 그중에서도 젊은이들의 관심이 눈에 띄게 높은 편이다. 치열한 경쟁과 정보의 홍수 속에서 스트레스를 많이 받고 있다고 봐야 한다. 스트레스는 마음의 병이다. 마음이 흔들리면 몸은 당연히 충격을 받는다.

　정신보다는 물질이 우선인 현대인의 삶은, 가짐을 우선으로 한다. 가지려면 당연히 그에 대한 대가로 치열한 생존게임에 임해야 한다.

　선두다툼이 어느 때보다도 치열하다. 달리는 기차에서 내리는 순간, 사회에서 낙오자가 되는 시대다. 그러니 대열에서 이탈되지 않으려 안간힘을 쓸 수밖에 없다.

　이런 가운데 자기를 돌아보는 시간을 갖는다는 것은 어지간한 결심을 갖지 않는 한 어렵다. 지금 당장은 아니더라도 살면서 여러 차례의 위기를 만난다. 이럴 때 자기를 돌아보는 시간을 가졌던 사람은 마음의 상처를 덜 받는다. 가볍게 극복하는 것은 물론이고, 배움의 기회로 삼기도 한다.

자기를 돌아보는 시간은, 회복탄력성을 높이는 데 아주 효과적이다. 어떻게 보면, 살아가는 데 있어 제일 중요한 일일지도 모른다.

청년들의 취업을 위해서 정부 차원의 정책들과 예산이 다양하게 많다. 이와 병행하여 지치고 힘들 때, 이를 극복할 수 있는 방법을 평상시에 배울 수 있도록 만들어주는 것도 좋을 듯하다.

토요일 오후 마트엘 갔다. 여름을 입증이라도 하듯 과일이 풍성하다. 좀 이르기는 하지만 포도송이도 제법 알이 굵은 것이 먹음직스럽다. 황도, 백도, 천도 등 복숭아도 나름 뽀얗고 볼그레하게 자태를 뽐내고 있다.

뭐니 뭐니 해도 무더위엔 수박이 제격이다. 요즘이 첨단기기의 시대는 맞는가 보다. 수박의 당도가 체크되어 있다.

수박이 싱싱하게 우리 앞에 오기까지는 고지박과 호박의 역할이 지대하다고 한다. 수박은 뿌리 내림이 빈약하고 병충해에 약한 단점을 가지고 있단다. 이를 보완해 주는 방법이 뿌리의 활착이 좋고, 병충해에 강한 고지박이나 호박과 접붙이기를 하는 것이라 한다. 그러니 우리가 먹는 수박의 반은 고지박이나 호박의 역할이라고 해야 할 듯하다.

나를 구성하는 두 축은 몸과 마음이다. 그중에서도 마음이 나와 더 근접하다. 왜냐하면 몸은 마음이 컨트롤하기 때문이다.

몸이 예측하고 판단하여 움직이는 경우는 극히 미미하다. 생존에 관련된 본능적인 움직임 말고는 몸은 마음의 컨트롤에 의해서만 움직인다. 그러니 마음이 나라고 하는 표현이 무리는 아니다. 마음이 편하고 행복하면 몸도 그에 따라 건강하고 편안해지는 이유다.

마음은 살아온 일체의 것들을 다 저장하고 있다. 저장된 것들은 주어지는 조건에 따라 나타나 시비분별을 한다. 그 시비분별이 스트레스의 원인이다.

마음은 저장된 것들로부터 오염되어 있다. 같은 이치로 마음이 오염되어 있으니 나도 마찬가지로 과거의 흔적들로 인하여 오염되었을 수밖에 없다. 뿌리가 흔들린 것이다. 수박의 뿌리를 대체해 준 고지박과 호박처럼 내 마음을 튼튼하게 해줄 대목臺木이 있다면 좋겠다.

최상의 수박을 수확하기 위한 방법은 접을 붙이는 것이다. 요즘은 수박의 대목으로 호박이 주로 이용된다. 수박 접붙이기를 하려면 대목으로 쓸 호박 모종과 접수 목으로 쓸 수박 모종을 길러야 한다.

호박과 수박의 모종이 어느 정도 자라면 접붙이기를 시작한다. 호박 모종은 떡잎 1개만을 남기고 순을 대각선으로 잘라서 버린다. 수박 모종은 뿌리 쪽 부분을 대각선으로 잘라서 버린다. 대각선으로 잘려진 호박과 수박의 모종을 결합시키고 집게로 고정한다.

4~5일이 지나면 한 몸이 된다. 밭에 옮겨 심고 25~30일 정도가 지나면 탐스런 수박을 수확하게 된다.

호박과 수박을 접붙이려면, 각각의 중추부분인 뿌리부분과 윗부분 순이 잘려져서 버려진다. "아픈 만큼 성숙해진다."고 했던가? 인간의 욕심으로 일어난 과정이지만, 아픔의 과정이 수확의 결실을 맺게 하였다.

이는 '고여있는 건수乾水를 퍼내야 맑은 샘물을 맛보게 되는 것'처럼, 자연의 이치는 비움(버림)이라는 것을 증거하고 있다.

마음챙김, 명상, 마음공부, 참선, 단전호흡 등은 모두 마음을 기반으로 한다. 모두가 나를 돌아보고 비워내는 행위를 통해서 깨달음을 얻게 한다.

'나를 버린다는 것은 무엇인가?' 나를 버린다는 것은 '내 마음을 버린다.'는 의미다. 마음은 실체가 없다. 나만이 있다고 착각하고 있을 뿐이다.

마음은 과거의 기억된 흔적이고, 기억에는 그 당시에 느꼈던 감정이 고스란히 담겨져 있다. 그러니 마음을 버린다는 것은 과거의 기억된 흔적에 묻어있는 감정을 씻어내는 과정이다.

다만, 오랫동안 마음을 붙들고 살았으므로, 없다는 것과 착각을 하고 있다는 말이 잘 들리지 않는다. 살아온 삶 전체가 부정당하는 꼴이라서 그렇다.

이 마음이 자존심이고, 구심점이고, 중추신경이었는데 어찌 하루아침에 이를 부정하고 내다 버릴 수가 있겠는가. 하지만 이 마음으로 힘들고, 우울하고, 잠이 안 오고, 분통이 터지는데 딱히 붙들고 있을 이유 또한 없지 않은가?

마음은 허상이며 오염이 되어있다. 오염된 기억이 시시때때로 나를 괴롭히고 있다. 또 그 마음으로 세상을 시비분별 한다.

나라고 하며 붙들고 살았던 것이 허상이라면, 그럼 나를 지탱해 준 것은 무엇이란 말인가? 그 무엇이 있으니, 내가 이렇게 살아서 움직이고 있질 않았겠는가?

"세상의 본질은 자연이고, 그 살아가는 이치는 순리다本卽自然 生卽順理."

이것이 세상의 이치다. 마음으로 가려져 있어 보지 못한 것이고, 무지라서 알지 못했을 뿐이다.

무거운 짐을 지고 있으면 힘이 드는 것은 당연하다. 힘들면 내려놓으면 되는 것 또한 당연하다. 무엇이 좋다고, 무슨 미련이 있다고, 무슨 자랑거리라고 부여잡고 있나?

반면, "세상엔 하나도 버릴 것이 없다."는 말도 있다. 지혜로운 사람은 승화를 시킬 줄 안다. 세상의 모든 짐들이 나를 깨우는 조건들임을 몸소 실천한다. 조건을 '못된 나를 불태워 없애는 다비식의 불쏘시개'로 사용할 줄 알기에 그렇다. 지혜라 할 만하다.

어렵다, 힘들다, 괴롭다 하는 짐은 버리면 된다. 우선 항상 지금 여기에 머물러야 한다. 마음에 이끌려 자꾸 돌아다니면 힘들고 지친다.

짐을 많이 짊어진 사람일수록 참 비싸게 군다. 콧대 높기가 하늘을 찌른다. 돈을 주고 버려도 시원찮을 판국에 비싸면 누가 치워주겠나? 내가 좀 싸지면 안 되나?

욕을 좀 먹으면 어떻고, 자존심이 좀 짓밟힌들 어떤가! 쓰레기를 버리는데 맛보고 버리나? 과감하고 대범하게 내다 버리면 시원하지 않겠나? 까짓 거 '밑져야 본전'이라는데, 없는 것 버리는 데 망설일 필요는 없지 않은가?

너무나 잘나서, 세상 앞에 무릎 한번 제대로 꿇어본 적도 없고, 내가 잘나 잘 먹고 잘살 줄 알지만, 사실 우리가 사는 것은 자연의 선물 덕분이다.

사람도 '내 마음'이 있듯이, 자연에도 '자연마음'이 있다.

자연마음은 내 마음이 버려지는 만큼 드러난다. 그 드러난 마음으로 살아야 한다.

세상을 사는데, 자연마음이 잘 살겠나? 내 마음이 잘 살겠나?

아이를 키우는데, 자연마음이 잘 키우겠나? 내 마음이 잘 키우겠나?

자연마음으로 사는 게 편할까? 내 마음으로 사는 게 편할까?

자연마음이 넓을까? 내 마음이 더 넓을까?

'자연마음'은 흔들림 없이 우리를 잡아줄 대목ᄐ木임에 틀림없다. '내 마음' 잘라버리고, 자연에 접목이 될 때, 그 열매는 탐스럽게 익어갈 것임에 틀림이 없다.

6

심청이를 만나는 시간

"참 이상하죠. 눈이 안 보이면서 사람이 더 잘 보여요."

틴틴파이브의 이동우가 영화 〈시소SEE-SAW〉에 함께 출연한 임재신에게 한 말이다.

영화는 '앞만 못 보는 이동우와 앞만 보는 임재신'이 제주도를 여행하는 장면을 담은 다큐멘터리다. 이동우는 망막색소변성증으로 시력을 잃었고, 임재신은 근육병으로 몸을 가누기 힘들다. 이런 임재신의 휠체어를 앞만 못 보는 이동우가 밀어준다. 앞만 보는 임재신이 이동우의 눈이 되어서.

영화에서 둘은 1시간 30분 동안 가슴으로 보고, 가슴으로 말했다. 바람이 전하는 말을 들었고, 나무가 속삭이는 말을 들었다.

『심청전沈淸傳』은 어린 시절에 가장 많이 전해 들었던 효행설화다.

심청이는 심 봉사가 나이 40이 넘어 어렵게 얻은 딸이다. 기쁨도 잠시 심청이를 낳은 지 7일 만에 심청이의 어머니 곽씨 부인은 세상을 떠난다.

당시는 사회보장제도가 없었던 시절이다. 심 봉사는 경제활동도 할 수가 없었다. 심 봉사와 갓난아이 심청이의 삶은 말로 표현할 수 없을 정도로 어려웠다. 심 봉사는 젖동냥을 하여 심청이를 키웠다.

어려운 형편에서도 심청이는 반듯하게 자라났다. 심청이는 아버지의 손과 발이 되었지만, 아버지가 앞을 볼 수 없다는 것이 항상 마음에 걸렸다.

공양미 삼백 석으로 눈을 뜨는 것이 심 봉사의 소원이었다. 이를 알게 된 심청이는 쌀 삼백 석에 자신의 몸을 판다. 심청이의 나이 15세, 아버지를 위한 효심에 인당수印塘水에 몸을 던지게 된다.

효심에 감동한 용왕의 도움으로 심청이는 황후가 된다. 이후 심청이는 아버지 심 봉사를 만난다. 심청이를 부둥켜안고 기쁨의 눈물을 흘리던 심 봉사는 눈을 뜨게 되고, 동행하였던 다른 봉사들도 다 함께 세상을 볼 수 있게 되었다.

심청전을 구도求道의 의미로 재해석하여 보았다.

구도求道의 사전적인 의미는 '종교적 깨달음이나 진리를 추구함' '불법의 정도正道를 구함'으로 되어있다.

구求는 '구하다, 필요한 것을 찾다, 청하다, 묻다'이고, 도道는 '길,

이치, 근원, 기능, 방법, 사상'이라고 설명한다.

　달리 말하면 '구도求道는 사람이 살아가는 길을 찾거나 물어보는 것'이다.

　아무리 비교해도 심청이보다 더 기구한 삶은 없지 않나 싶다.

　어머니의 생명과 맞바꾸고서 태어난 아이, 아버지는 경제력이 없는 눈이 보이지 않는 장애인, 우유나 분유가 없던 시절이니 젖동냥으로 키워졌다.

　요즘 같은 세상에는 상상조차 할 수 없는 일이다. 내 아이가 먹어야 할 젖을 어찌 남의 아이한테 물린단 말인가. 그것도 홀아비 눈먼 거지의 딸에게 말이다.

　당연히 신분이 비슷하거나 어렵게 사는 사람들이 젖동냥의 대상이었을 것이다. 대부분의 백성들이 굶기를 밥 먹듯이 하던 시절이었다.

　끼니를 제때 챙기질 못했으니 젖이 부족한 것은 당연했다. 부족한 젖을 나누어달라고 하는 게 쉽지만은 않았으리라.

　갓난아기가 배고픔을 견뎌야 했으니 생각해 보라. 매일 매일이 죽음을 담보로 한 삶이었다. 그렇다고 지금처럼 인권이 보장된 사회도 아니었다. 여자의 경우는 그 정도가 어련했겠는가. 차별과 폭력, 인권유린, 조롱과 멸시, 어린 몸으로 장애인 아버지를 돌봐야 하는 어려움 등 온갖 세상의 풍파를 혼자서 감당했을 것이다.

살아냈다는 자체가 신기할 정도다. 다행히 물려받은 인성이 있어서 마음을 가라앉히며 사는 법(심청沈淸)을 알았던 심청이다. 그러니 효녀라는 소리를 들었다. 심청이는 그렇게 속이 깊은 아이로 평판이 자자했다.

심청이는 자신이 겪게 된 사연에 원망을 하거나 좌절하지 않았다. 탓을 하지도 않았다. "속이 깊다."라는 것은 자신을 드러내지 않고 누르고 산다는 이야기다.

심청이는 이름 그대로 '마음을 가라 앉혀(심沈), 마음을 깨끗하게(청淸)'할 줄 아는 성숙한 아이였다. 심청이도 사람이다. 어찌 힘들지 않았겠는가. 삶을 끝내고 싶은 고비를 수십 번은 넘겼으리라.

세상에 큰소리도 쳐보고 싶었다. 보란 듯이 우뚝 서는 꿈도 있었다. 그러나 다행히 심청이는 기도하는 법을 알았다. 삶에 대하여 물었고, 답을 간청했다.

심청이는 지치고, 힘들고, 무너지려 할 때마다 간절하게 기도했다. 깊이깊이 길을 묻고 또 물었다(구도求道).

"이제 알았느냐?" "이제 너의 모든 걸 포기할 수 있겠느냐?" "죽어도 좋으냐?"

"예! 다 버리겠나이다. 모든 걸 포기하겠나이다."

심청이는 마음으로 죽는 법을 알았다. 죽어야 사는 법을 깨달았다.

가슴에 깊고 깊은 연못을 팠다. 인당수印塘水, 한번 빠지면 절대로 나올 수 없는 그런 연못을 가슴에 새겼다.

심청이는 자신이 아주 큰 부자였음을 알았다. 자기보다 더 굴곡 진 삶을 산 사람이 없다는 걸 알았다. 아픔, 슬픔, 분노, 짜증, 원망, 원수, 불행 등 세상 때문이라고 생각했던 모든 기억들이 마음에 가 득 차있었다.

그리움, 연민, 자존심, 사랑, 고마움, 행복, 감사 등 자신을 지켜 줬던 세상에 대한 실낱같은 기억들도 가득했다. 가라앉아 있었을 뿐, 심청이의 마음창고는 살아온 세월로 가득 차있었다.

심청이는 몸을 던졌다. 인당수 깊은 물에 '나'를 던졌다. 부여잡 고 있던 모든 걸 내던졌다. 그렇게 심청이는 연꽃으로 피어났다. 빛 이 된 것이다. 심청이는 자연이 되었다. 가슴의 눈을 떴다.

반면, 심 봉사는 심청이의 노력으로 먹고살 만해지자 세상에 대 한 원한을 표출하는 삶을 살았다. 온갖 해악을 일삼고 경거망동했 다. "늦게 배운 도둑질이 더 무섭다."고 안하무인 그 자체였다. 심 봉사는 모든 걸 잃고 만다. 앞을 보지 못하는 처지에 마음의 눈조차 멀게 되었다. 그때서야 심 봉사는 심청이의 간절한 마음을 받아들 인다.

심 봉사도 다 버리고 놓았다. 내가 있어 생겨난 모든 걸 버렸다. 심 봉사도 눈을 떴다. 세상을 보는 눈을 떴다. 심청이와 심 봉사를 알고 있던 모든 사람들도 어른이 되었다. 가슴 눈을 가진 어른으로 거듭 태어났다.

앞이 안 보이는 이동우는 '가슴으로 보는 법'을 전해주었고, 몸이 굳어버린 임재신은 '한곳에만 머무는 나무가 살아가는 이치'를 전해 줬다.

석양이 지는 언덕 위에서 두 아이가 시소를 타고 있다. 서로를 올려주고 내려준다. 시소는 언제나 그 자리에서 멈추지 않고, 여운을 남길 것이다. 세상에 물음표를 던지면서.

2016년 11월 어느 날, 강남 한복판 메가박스 영화관 〈시소〉 상영 관에는 우리 부부와 어린아이 둘을 데리고 온 엄마가 관람객의 전부였다.

'아! 가슴 눈을 뜬 어른이 그립다.'

텃밭, 꽃밭이 되다

'깨달음, 마음공부, 명상' 하면, 특별하고 거창하다는 선입견을 가진다. 일상적인 것으로 받아들이질 않는다.

이 세상에 특별하지 않은 것이 없는 것처럼, 내면을 위한 공부 또한 그냥 사는 공부다. 사는 것 자체가 위대한 여정이다. 그러니 삶을 떠나서 하는 깨달음이라고 더 돋보여야 할 필요는 없다.

안양천을 걷다 보면 충훈2교가 나온다. 골프연습장 쪽으로 다리 난간 밑에는 미니 테니스 연습장이 있다. 연습장 양옆에는 자갈만 수북이 쌓이고 잡풀이 우거져 있는 황무지가 있다.

이곳에서 봄부터 풀을 제거하고 자갈을 골라내는 아저씨가 보이기 시작했다. 처음엔 대수롭지 않게 생각했다. 황무지는 점점 밭과 같은 모양을 갖춰가고 있다. 텃밭을 만들어 채소를 가꾸려고 한다고 예상했다.

'척박하고 그늘이라서 농작물이 자라기는 할까? 아무리 소일거리가 필요해도 그렇지 이런 곳에 텃밭을 만들다니 남들 보기에 창피하지도 않나?'

혼자서 걱정과 우려를 한다.

평소에 부지런한 성격이었지 싶다. 생활전선에서 물러난 후 부지런을 떨 일거리가 필요했나 보다. 노인정이나 복지원에 갈 나이는 아니다. 등산, 낚시는 취미가 아니다. 친구를 만나는 것도 하루 이틀이지 똑같은 레퍼토리, 이젠 외우고도 남는다. 준비 없이 퇴직한 경우, 한동안은 정신적으로 혼란을 겪는다고 한다. 도피처로 이 황무지가 눈에 들어왔으리라.

텃밭은 여러 개로 나뉘어졌고, 골라낸 자갈을 쌓아 구분을 확실히 했다. 씨를 뿌렸는지 하천에서 물을 길어와 뿌리고 있다.

한동안 잊고 지냈다. 그저 운동을 하면서 지나치기만 했다. 어느날 보니 싹이 나와 제법 푸른색을 띠고 있다. 무슨 채소인지는 모르겠으나 모종도 구해서 심고 있다.

시간이 지날수록 제법 텃밭의 모양이 갖춰지고 있다. 자라고 있는 것이 무엇인지 분간을 못하겠다. 물어보기도 그렇다. 기다리는 수밖에.

올봄은 유난히 비가 적게 내렸다. 농촌에서는 밭작물 가뭄피해를 입고 있다는 소식이 들린다.

아저씨의 밭에도 작물들이 기운을 못 차리고 있다. 아저씨는 제초작업 틈틈이 물주기에 여념이 없다. 땀이 흐르는지 수건으로 얼굴을 연신 훔쳐낸다.

일찍 무더위가 찾아왔다. 더위를 피해 저녁이 되어야 운동을 하게 된다. 밤이라서 아저씨도 안 보이고 텃밭 탐색이 여의치 않다. 그렇게 계절은 한여름으로 접어들었다.

세상에나! 텃밭이 온통 꽃들로 뒤덮여 있다. 백일홍, 나리꽃, 서광을 비롯해서 이름 모를 꽃들이 피어있다. 자갈로 구분지어진 샛길로 들어가 사진을 찍는 사람들도 보인다.

이런 오해를 하다니. 꽃밭을 텃밭으로 오해한 것이 부끄럽다.

꽃들이 피기 시작하자 그 면적이 꽤 넓어 보인다. 보잘 것 없던 공터가 꽤 그럴듯한 쉼터로 바뀌었다.

이제는 어르신이 세상을 버리고 사라진 줄 알았다. 그런데 어느 날 안양천에 어르신이 나타났다.

어릴 적에는 마을의 어르신들은 기품과 염치가 있었다. 마을을 지키는 규율의 선이었다. 다툼이 있을 땐, 그 선으로 간격을 벌려주고 생각하도록 했다. 어려움이 있을 땐, 서로를 도와 보람을 나누도록 했다. 슬픔이 있을 땐, 이치로써 슬픔을 이겨내도록 돌봐주었다.

옛날엔 그랬다. 그 어르신들은 지금의 내 나이보다도 어렸지 싶다. '그럼, 나도 나이를 먹었으니 어른일까?'

7월 중순쯤, 해바라기와 코스모스가 피어났다. 나비도 날아왔다. 평소엔 나비를 보기가 어렵다. 꽃이 부른 것이다. 한두 마리가 아니다 형형색색 떼를 지어 날아들었다. 꽃도 예쁘지만 나비를 보는 것도 흥미롭다.

태풍이 한반도를 지났다. 다행히도 꽃밭은 큰 피해를 입지는 않은 것 같다. 어르신은 쓰러진 꽃들을 일으켜 북을 돋워주고 있다.

안양예술공원을 돌아서 내려오는 길에 현수막을 보았다. "안양시 시민대상 후보자 추천." 충훈2교 꽃밭 아저씨가 클로즈업 되어 올라온다.

아뿔싸! 7월 31일이 마감. 오늘이다. 급하게 꽃밭 사진을 몇 장 찍었다. 어르신이 꽃밭에서 허리를 구부린 채로 꽃밭을 돌보고 있다.

시청 홈페이지를 열었다.

뜨악! 추천권자는 본청 부서장, 구청장, 사업소장, 동장, 관내 유관기관장, 사회단체장, 각급 학교장, 20인 이상 안양시민(20세 이상). 제출서류는 추천서, 공적조서, 이력서, 국세지방세완납증명서 각 1부, 재직증명서, 사진(3.5cm×4.5cm) 1매, 개인정보수집·이용 동의서, 공적 증빙서류 등. 공적조서도 있어야 된단다.

'에라! 모르겠다.' 시장실 시민제안 게시판에 무작정 글과 사진을 올렸다.

성도, 이름도, 어디 사는 누구인지도 모른다. 단지 내가 붙여준 이름만 있다. "안양천의 자연인". 아무튼, 충훈2교 꽃밭 어르신을 안양시의 시민대상 후보자로 추천했다.

어르신은 양지에서 찾을 일이 아닌가 보다. 안양천 어르신도 이렇게 햇빛이 잘 안 드는 그늘에 꽃밭을 가꾸고 계셨으니 말이다.

양지는 밝으니 찾기가 쉽지만, 음지는 드러나질 않으니 여간해선 찾기가 쉽지 않다. 그러나 어쩌랴. 고수는 음지에 있었는걸.

어르신들이 마을을 지키고 있던 당시에는, 마을사람 모두는 한 식구였다.

전화는 고사하고, 전기도 없던 시절이었으니 아이들은 파발마였다. 마을과 들녘을 종종걸음으로 내달렸다. 어른과 어른의 정보전달자로서 맡은 바 막중한 소임을 다했다.

생일이나 제사가 있는 아침이면 집집을 돌며 파발을 돌렸다.

"식사하러 오~ 시~ 레~ 유~"

음식 배달도 참 많이 했다. 특별한 음식이 만들어지는 날이면 어르신이 계신 댁에 음식을 가져다 드렸었다. 항상 빙그레 웃으시며, 머리를 쓰다듬어주셨다.

제 3장

행복에 관한 고찰

근본적으로 행복과 불행은

그 크기가 정해져 있는 것은 아니다.

다만 그것을 받아들이는 사람의 마음에 따라

작은 것도 커지고, 큰 것도 작아질 수 있는 것이다.

가장 현명한 사람은

큰 불행도 작게 처리해 버린다.

어리석은 사람은

조그마한 불행을 현미경으로 확대해서 스스로 큰 고민 속에 빠진다.

- 라 로슈프코 -

행복의 비결은 필요한 것을 얼마나 갖고 있는가가 아니라

불필요한 것에서 얼마나 자유로워져 있는가 하는 것이다.

- 법정 스님 -

인간의 행복의 원리는 간단하다.

불만에 자기가 속지 않으면 된다.

어떤 불만으로 해서 자기를 학대하지 않으면 인생은 즐거운 것이다.

- 러셀 -

행복은 무엇인가?

"피자는 얹어지는 토핑의 종류에 따라 각기 다른 맛을 낸다. 삶
도 소소한 행복들이 더해져 맛깔스러워진다."

채널을 돌리기만 하면 나오는 프로그램이 있다. 음식을 소재로
한 일명 '먹방'이다. 먹는 것에 관심들이 많다. 다들 고상하고 우아
하게 먹는 걸 원하기는 하지만, 그래도 바쁘게 사는 시대이다 보니
패스트푸드가 대세다.

피자는 간편하게 한 끼니를 해결할 수 있는 음식 중 하나다. 간편
식답지 않게 맛도 좋다. 구미를 당기는 맛으로 외식메뉴에 빠지질
않는다. 하지만 불편한 점이 있다. 종류가 다양하여 선택을 하기가
어려운 단점이 있다.

피자의 종류는 주재료인 도우와 토핑에 의해서 결정된다. 여기
에 오븐과 화덕 등 굽는 방식이 영향을 주기도 한다. 그 외에 지역

과 브랜드 등에 의해서 이름이 붙여지기도 하지만, 이는 피자의 맛과는 별개다. 그래도 피자의 맛을 결정하는 것은 토핑과 정성이다. 붙여진 이름에 맞게 불고기 피자, 고구마 피자, 새우 피자, 베이컨 피자 등 각각의 것에는 그 나름의 풍미가 있다. 그러니 이름도 이에 따라 결정짓게 된다. 그렇다고 해서 토핑 한 가지만으로는 맛있는 피자가 되지는 않는다. 밀가루와 치즈에 각종 소스와 채소의 적당한 결합이 있어야만 한다.

행복도 이와 흡사하다. 얹는 토핑에 따라 각기 다른 피자 맛을 내듯이, 주어지는 조건으로 행복은 다양한 얼굴로 등장한다.

행복의 조건에는 돈, 건강, 애정, 명예, 자기표현, 평화, 즐거움 등이 있다. 조건들의 우선순위는 별로 중요하지 않다. 다만, 이 조건들의 알맞은 조화가 가장 중요하다. 자칫, 어느 한 가지에만 과하게 치우치게 되면 행복감이 약해지거나 무너질 수 있다.

어느 한 가지에 집착하여 다른 조건들을 소홀히 하는 것은 황금알을 낳는 거위의 배를 가르는 것과 다르지 않다. 이런 예는 무수히 많다. 돈 벌기에 급급한 나머지 건강을 돌보지 않아 큰 병을 얻는 것, 신기루 같은 명예를 좇다가 목숨을 버리는 것, 즐거움에 탐닉하다 중독이 되는 것 등이 그렇다.

"행복은 관계다."

대부분은 배경을 가지게 되면 행복해지리라는 착각 속에서 살게 된다. 이런 경우에는 특히나 관계정립의 중요성을 음미해 볼 필요가 있다.

돈이 행복을 가져다주지는 않는다. 돈으로 행복하려면 돈과의 관계설정이 필요하다.

돈과의 관계를 살펴보자. 돈은 목적이 아니라 수단이다. 돈의 쓰임새가 분명하게 있다는 의미다. 돈은 가치 있고 유용하게 쓰여야 행복으로 연결된다. 그러나 잘못된 인식을 가지게 되면 막다른 곳으로 빠지게 된다.

"돈이면 원하는 것을 다 가질 수 있다. 그러니 닥치는 대로 돈을 벌어야 한다."는 무리한 관계를 형성하게 된다. 이런 관계에서 돈은 불행과 파탄으로 이어질 가능성이 높다.

사랑이 이루어지면 행복할 수 있다는 환상을 가진다.

사랑도 관계가 중요하다. 사랑으로 행복하려면 감사와 이해라는 관계정립이 필요하다. 사랑으로 부족한 것을 채우려한다거나 욕망의 또 다른 표출이어서는 곤란하다.

사랑의 목적 또한 행복이어야 한다. 그러려면 사랑에 대한 올바른 관계설정이 필요하다. 부부관계, 부모와 자식관계, 연인관계, 형제관계, 이웃관계 등 모든 인연과의 행복은 관계설정과 무관하지 않다.

사람과 사람 사이의 관계는 잘못된 인식으로 관계설정이 엉켜버린다. 자식을 종속관계로, 부인과 남편을 소유관계로, 부모를 희생관계로 인식을 하는 순간, 이들의 관계는 불편한 관계를 넘어 원수 관계로 변하고 만다.

명예도 행복한 관계 설정이 중요하다. 자리를 차지하려는 분명한 목적과 확고한 실천의지는 있는지 자문해 볼 필요가 있다.

과시, 앙갚음, 착취, 종속의 관계를 형성할 경우, 그것이 몰고 올 파국에 대하여 한 번쯤 생각은 해보았는지도 자문해 보라.

진정 명예를 얻어 행복하고 싶은가? 명예는 배려의 관계, 섬김의 관계, 공정한 관계가 필요하다. 이러한 관계는 떳떳한 자신감에서 비롯된 정정당당이라는 엔도르핀을 솟아나게 한다.

인연도 살펴보자. 관계설정에 필요한 것이 있지 싶다. 그저 묵묵히 옆을 지켜주고는 있는지, 녹여달라 내미는 손을 잡아줄 수는 있는지 살펴봐야 한다. "혼자만 잘살믄 무슨 재민겨."라고 말한 전우익 선생의 말을 되새겨 봄 직하다.

크게 보면 너와 나의 경계는 없다. 우주 밖에서 지구를 보고 온 우주인들은 철학자가 된다고 한다. 작고 보잘것없는 푸른 별을 바라보면서 인간의 존재가치를 깨달은 것이다.

추락하는 비행기 안에서 다툼이 가능하다고 보는가? 그 순간에는 원수를 붙들고 있을 수도 없고, 남 탓할 겨를도 없다.

세상에 존재하는 모든 사물과도 관계를 맺는다. 이 중에는 행복을 맺어줄 것도 있지만, 반대의 결과를 가져다주는 것도 있다. 그러니 취하는 법을 배우기에 앞서 거절하고 양보하는 법을 먼저 터득하는 것이 지혜다. 하지만 습관적으로 받아서 쌓아두는 데 익숙해졌으니 쉽지만은 않은 일이다.

요즘처럼 먹을 것이 풍부한 시대는 못 먹어서 병에 걸리는 것이 아니라, 너무 많이 먹어서 병에 걸린다고 한다. 음식을 비롯한 모든 사물과의 관계를 새롭게 설정하는 것도 중요하다.

'행복은 마음에 의해서 결정된다.'

'내 마음'은 가짐의 마음이다. 이 마음에서 그나마 행복을 맛보고 살려면 부단한 노력이 필요하다. 그러니 가지고 있는 배경들을 조화롭게 하고, 좋은 관계를 유지할 필요가 있다.

억지로 살아온 탓으로, 행복도 찾아야 하는 줄로 착각을 한다. 자연스러움을 모르니 받기만 하는 존재로, 얻어먹기만 하는 존재로 전락하였다. 그런 존재가 파괴만을 일삼고 있으니 올바른 모습은 아니다.

인간의 자연에 대한 관계정립은 아직 생각조차 없다.

'자연마음은 없음의 마음이다. 이 마음은 본래부터 행복이었다. 자연마음은 원래 행복하게 살게 되어있다. 자연스럽게 살아야 하는

것이 이치다.'

'삶의 목적은 순리대로 행복하게 지금 여기에 사는 것이다.'

자연의 마음에서는 행복이라는 단어조차 의미가 없다. 내 마음에 불행이 있었으니 행복을 찾게 되었고, 매달리게 되었지 싶다.

'자연의 마음으로 사는 삶이 행복이다. 자연마음으로 사는 것이 삶의 목적이다.'

태어났으니 목적을 가진 삶을 살아야 한다. 목적이 없는 삶은 의미가 없다. 가야 할 길이 없으니, 무슨 뜻과 의미가 있겠는가.

삶의 목적을 세우자. 삶의 목적은 행복추구다. '자연마음으로 사는 것'이 삶의 목적이 되어야 한다. '내가 자연이니 자연으로 사는 것은 당연한 이치이고 진리다. 진리를 목적으로 삶았을 때의 행복은 이루 말할 수 없이 행복하다.'

지금 당장은 아니어도 좋다. 가장 커다란 꿈이 생겼으니, 일상의 일들은 꿈을 이루는 것에만 존재하게 된다. 이보다 더 크고, 시급한 일이 없으니, 모든 조건들은 시비분별의 대상이 되질 않는다. 그러니 꿈을 향한 여정은, 매일 매일이 행복이다.

'사람으로 태어난 이유와 목적은 어른으로, 가슴 눈의 지혜로, 배경에 관계없이, 영원히 행복하게 사는 것이다.'

'세상에 존재하는 것은 지금밖에 없고, 지금이 영원이다. 지금에

사는 사람은 가슴 눈을 뜬 지혜로운 사람이다.'

'행복은 배경 없이 혼자서도 행복해야 진짜 행복이다.'

너의 행복 나의 행복

"6·25때 전쟁은 전쟁이 아니다."라는 말을 유행시킨 드라마가 있었다. 요즘은 전자오락 게임 때문에 난리가 아니다. 부모와 자녀 간의 대립은 충돌 수준을 넘어 전쟁이다.

정보화는 문화의 다양성을 가져왔다. 반면 아이들의 놀이문화는 상대적으로 편협하고 단조로워진 느낌이다. 예전처럼 계절에 맞게 즐기던 놀이문화는 전혀 찾아볼 수가 없다. 마냥 행복뿐이어야 할 시기에 전쟁을 치르고 있는 부모자식 간의 게임전쟁이 안타깝다.

메뚜기치기, 오독떼기라고도 부르는 '자치기'는 어린 시절에 즐기던 대표적인 놀이다. 추수를 마친 후부터 논에 물이 차는 봄까지가 자치기의 계절이다.

자치기는 30센티 정도의 자 막대기와 10센티 정도의 알 막대기를 기본 도구로 한다. 알 막대기의 양쪽 끝은 각기 다른 방향으로 대각선이 되게 깎여져 있다.

알 막대기 한쪽 끝을 자 막대기로 툭 건드리면 알 막대기가 튀어 오른다. 이 알 막대기를 자 막대기로 야구를 하듯이 멀리 쳐내면 되는 놀이다.

알 막대기가 떨어진 곳에서부터 시작 지점까지의 거리를 자 막대기로 측정하여 점수를 얻는다. 자 막대기 한 개의 길이로 1자의 점수가 부여된다. 시작하기 전 미리 정한 자 수를 먼저 획득하는 사람이 이긴다. 튀어 오른 알 막대기를 쳐내지 못하면 알 막대기가 떨어진 거리밖에 점수를 얻지 못한다.

토닥토닥 일어나는 다툼을 통하여 순리를 깨닫게 되는 것이 놀이다. 자치기를 할 때면 종종 다툼이 일어난다. 자 막대기의 길이와 자를 재는 정직성에 대한 이견 때문이다.

대부분은 길이를 잴 때 쳐낸 사람이 자신의 자 막대기로 길이를 재게 된다. 자 수를 속인다든지, 얼렁뚱땅 자질을 한다든지, 자 막대기의 길이가 다른 사람과 다르게 되면 다툼이 된다. 특히나 자 막대기의 길이는 다툼의 주요 쟁점이다. 자 막대기가 짧게 되면 자 수를 많이 재게 되니 그러하다.

아이들은 놀이를 통하여 자연스럽게 의견을 조율하는 이치를 터득한다. 마당이 넓지 않다 보니, 알 막대기가 떨어지는 곳은 항상 추수를 마친 논이다. 아니면, 가시덤불이 우거진 곳이거나 초가지붕일 때도 있다. 자질이 곤란한 경우다. 이때는 모여서 의견을 모으게 된다. 몇 자가 될 것 같다는 예측을 하고 서로가 수긍을 하게 되면 측정과정 없이 자 수를 인정한다.

어느 때는 꼼수를 부리는 친구가 있다. 이기고 싶은 욕심에 은근슬쩍 짧은 자 막대기를 만들어 온다. 대부분은 무관심하게 받아들이고 놀이를 한다. 하지만 그 정도가 과하게 되면 참가한 자 막대기 중 하나를 골라 기준이 되는 자 막대기를 정한다.

공정한 잣대를 마련하여 다툼을 막아보려는 아이들만의 국회결정이 내려지는 것이다. 기준잣대가 세워졌으니 다툼은 더 이상 일어나지 않는다.

아이의 소원은 엄마와 아빠의 눈치를 보지 않고 게임을 하는 것이란다. 장래희망은 최고의 프로게이머. 부모는 아이를 당장 게임에서 벗어나게 하고 싶고, 판검사나 의사로 키우고 싶은 바람을 가지고 있다.

아이는 부모의 지나친 관심과 제지가 이해되지 않는다. 부모는 아이의 철없는 행동이 안타깝기만 하다. 부모도 한마음이 아니다. 아빠는 엄마의 훈육방식이 맘에 들지 않는다. 엄마는 아빠의 우유부단함이 몹시 거슬린다.

모두 자기만의 기준잣대를 가지고 대응하고 있다.

아이는 엄마 아빠의 기준잣대를 상대하기에 힘에 부친다. 무대응이나 회피를 택하게 된다.

엄마 아빠는 이런 아이가 더욱더 이해가 되질 않는다. 강력한 압박 작전과 관리감독 강화라는 더욱더 날카로운 잣대를 들이댄다.

총과 칼만 없다 뿐이지 전쟁을 치르고 있는 것이나 별반 다르지 않다. 전쟁터에 무슨 평화와 행복이 있겠는가?

예나 지금이나 기준잣대를 세우는 일은 사회와 국가의 근간을 이루는 일이기에 체계를 바로 잡는 데 많은 노력을 기울였다.

암행어사가 활동하던 조선시대는 법과 규정이 지금과는 비교되지 않을 만큼 열악했다. 모든 면에서 제대로 된 기준이 서있질 않았다. 그러니 행정을 관할하던 관리들은 이런 허점을 이용하여 부정부패를 일삼았다.

백성들은 오락가락하는 기준잣대로 힘들어질 수밖에 없었다. 암행어사 하면 마패를 가지고 나타나 탐관오리들을 척결하는 것으로 유명하다. 하지만 암행어사가 마패만을 가지고 나타난 것은 아니었다.

암행어사는 임명될 때 왕으로부터 봉서, 사목, 마패, 유척을 하사받았다. 이 중에서 유척의 역할이 중요했다.

유척鍮尺은 놋쇠로 만든 자로 도량형의 기준 역할을 하는 도구였다. 유척은 곡식의 양을 재는 영조척, 포목의 길이를 재는 포백척, 제사 지내는 물건의 규격을 정한 예기척, 땅의 길이를 재는 주척으로 나뉜다.

암행어사는 유척을 사용하여 세금을 거둘 때 사용하는 도구가 법으로 정한 크기와 맞는지, 형벌을 내릴 때 쓰는 도구가 법으로 정해놓은 크기와 맞는지를 감사했다. 백성에게 엉터리 도량형으로 세금을 규정 이상으로 많이 거둬 착복着服하지는 않았는지 감독했다.

유척을 만드는 근간이 된 것은 황종척黃鍾尺이다. 세종대왕은 박연을 시켜 궁중음악의 음계를 정리케 하였다. 박연은 우리나라에 최초로 귀화를 한 서양 사람으로 네덜란드인이다. 세종이 총애를 하였을 정도였으니 다방면의 재주를 가진 인물임에는 분명해 보인다.

박연이 12음계를 기준이 되는 종 모양의 관을 만들었는데 이것이 황종관이다. 황종관을 만드는 규격을 정했는데, 이를 황종척이라 한다. 이를 바탕으로 길이를 재는 기준을 세우게 되었고, 이로써 세종은 국가를 다스리는 근간 중 하나인 도량형의 틀을 마련하게 된다.

황종척의 기준을 세운 과정을 보면 아주 재미있고 슬기롭다. 박연은 해주에서 생산되는 거서秬黍라는 곡식의 낱알을 척도를 세우는 출발점으로 삼았다.

거서는 기장이라는 곡식이다. 중간 정도의 기장 낱알 100알을 선별했다. 그것을 나란히 이어놓고, 이 길이를 1척(1황종척)으로 정했다. 황종척 1척의 길이는 대략 34.48㎝ 정도다. 황종척을 10등분 한 것을 1촌이라 했고, 1촌을 10등분 한 길이를 1분으로 정했다. 10척은 1장으로 불렀다.

이처럼 정확한 기준을 정하는 과정은 중요한 것만큼이나 어렵고 까다롭다. 모두의 인정과 동의라는 합의가 필요하기에 그렇다. 합의가 되지 않은 기준점은 아무런 가치가 없다.

전자오락 게임으로 인하여 부모와 자식 사이에 척이 생겼다. 행복이라는 삶의 목적은 사라졌다. 각자 조건이 충족되어야만 행복할 수 있다는 기준을 마음에 품었다. 아이는 게임을 하는 것이 행복이다. 부모는 아이가 게임을 중단하고 학업에 정진해야 행복이다.

척의 벌어진 정도가, 기장 낱알 100알로 재기에는 너무나 멀다. 기준점이 다르니, 합의된 기준점을 정한다는 것이 그리 쉽지만은 않을 듯싶다.

아이들의 자치기 놀이에서 여유를 배웠으면 한다. 정확한 실측만을 주장하게 되면 자칫 놀이는 재미를 잃고 행복을 빼앗아 버린다.

고집을 부려 실측을 주장하게 되면 질퍽한 논을 헤집고 다니며 자질을 해야 한다. 아니면 지붕을 올라가야 하고, 가시덤불을 헤집고 다녀야 한다.

차가운 물웅덩이에 발을 담가야 하고, 온몸이 가시에 상처를 입을 수도 있으니, 놀이는 명분을 잃게 된다. 그러니 한 사람이 고집을 부리게 되면, 상대편은 자치기 놀이를 포기하고 만다. 행복을 잃게 됨을 알기에 그렇다.

　길이를 측정하는 자는 모두 기준이 같다. 그래서 기준이 어긋나게 만들어진 자는 자로서의 역할을 할 수가 없다. 기준이 서로 다른 자는 자로서의 기능이 없으며, 혼란만을 불러온다. 자칫 남을 속여 이익을 얻고자 하는 사람들의 도구로 전락할 수도 있다. 이런 경우 존재해서는 안 되는 그저 쓸모없는 막대기일 뿐이다.

　사람에게도 잣대가 있다. 세상 모든 사람들이 품고 있는 마음의 잣대다. 그러나 마음잣대는 불량품이다. 기준이 제각각이다. 시시때때로 변하고 상대를 구별한다. 이런 불량품 잣대는 세상 사람들의 숫자만큼 존재한다. 모든 잣대가 하나도 같은 것이 없다.

　사람들은 이 잣대를 가지고 세상을 시비분별하고 판단한다. 자기 잣대에 맞으면 좋다 하고, 맞지 않으면 잘못되었다고 한다.
　스트레스를 받는다고도 하고, 슬프다 기쁘다 한다. 원수도 만들고, 친구도 만든다. 예쁘다 하고, 밉다고 한다. 잘났다 하고, 못났다 한다. 잘산다 하고, 못산다 한다. 사랑한다 하고, 미워한다 한다.
　엄마는 엄마잣대, 아빠는 아빠잣대, 자식은 자식잣대, 자기 잣대에 맞추라 한다. 기준잣대를 세워보려고 발버둥 친다. 지옥이 만들어진다. 스트레스뿐이다. 같이 있어 행복한 사람은 멀기만 하다.

　'상대의 기준잣대가 있음을 인정하는 것, 이해라고 한다.'
　'자기의 기준잣대를 잠시 내려놓는 것, 배려라고 한다.'

'자기의 기준잣대를 꺾어 없애는 것, 용서와 사랑이다.'

배려와 이해와 용서와 사랑이 꼭 필요한 세상이다.

언제나 행복할 수 있는가?

태어나는 순간부터 오로지 행복 타령이다.

행복해야 한다고, 행복하려면 이러이러 해야 한다고 강요를 받는다. 의문을 품어본 적이 없다. 그리하는 것이 진리인 줄 알고 산다. 그러나 인간의 삶은 과정이 없다. 그런데도 모든 것이 행복을 위해서 희생되어 버리는 형국이다.

인간은 행복한 삶을 추구한다. 삶의 목적이 행복이다. 언제나 행복하길 소원한다. 언제나 행복한 곳을 우리는 천국이라고 한다. 그렇다면 우리의 삶의 목적은 천국에 사는 것이 된다.

진리인 양 받아들였던 것에 의문 의심을 품어보자. 행복을 한번 찾아보자. 몸이 내가 아니라, 마음이 나라는 것에는 이견이 없다. 마음으로 풀어보자. 내 마음은 내려놓고, 자연의 마음이면 더 좋겠다.

'신이 창조한 세상은 지옥일까? 천국일까?'

'신이 창조한 세상에 죄업이 있을까? 심판이 있을까?'

'신은 천국에 살까? 지옥에 살까?'

신은 100퍼센트 완전체다. 사랑 그 자체다. 99.99도 아닌 순도 100의 완전함 그 자체이다.

사람은 사람을 낳고, 소는 소를 낳고, 개는 개를 낳는 것이 세상의 이치이다.

신은 완전함이기에 완전한 세상을, 완전한 사랑이기에 은총만 가득한 세상을 창조했다. 신이 창조한 이 세상은 두말할 것도 없이 100퍼센트 완전한 세상이다. 그러니 지금 여기! 온 세상은 천국이다.

천국은 찾아서 가야 있는 곳, 어떻게 되어야 가는 곳이 아니다.

천국은 문이 없다. 울타리도 없다. 천국은 누구나 갈 수 있다. 언제든지 갈 수 있다. 그러나 천국에는 그물이 쳐져있다. 날카로운 칼 그물이 촘촘하게 쳐져있다.

천국은, 이 몸뚱이 부여잡고는 갈 수가 없다. 나라는 생각이 눈곱만큼이라도 있으면, 칼 그물에 갈기갈기 찢겨 나간다.

천국은 나가 없어야 갈 수 있다. 나라는 생각조차 없어야 갈 수 있다. 천국은 죽어야 갈 수 있다. 내 모든 것 없어야 갈 수 있다.

파란 잔디밭에 복숭아꽃 살구꽃이 만발했다. 황홀한 향기가 온

몸을 감싼다. 맑은 시냇물이 마을을 휘돌아 흐르고 있다. 사람들은 그지없이 온화하고 평온하다. 들판에는 오곡백과가 무르익어 간다. 햇살은 따듯하다 못해 포근하다.

이런 천국이면, 누군들 망설임이 있겠는가? 내가 원하는 천국은 이래야 한다.

그런데 칼 그물 속이라니! 누구나 오라 한다. 언제든 오라 한다. '들어가 보겠는가?' 자문해 본다.

"부자가 천국에 가기는 낙타가 바늘구멍 통과하기보다 어렵다." 는 이 말씀에는 누구든지 갈 수 있는 답이 들어있다.

하늘의 말씀은 언제나 사랑이고 긍정의 아이콘이다. 불가능하다는 부정의 아이콘에는 열쇠가 없다. '하늘의 기준잣대로 살 것인가? 내 기준잣대로 살 것인가?'의 문제이다.

내 관념의 바늘은 한계가 있다. 기껏해야 가정에서 사용하는 바늘밖에 없다. 그래서 하늘이 말씀하신 바늘도 내 관념의 바늘로 단정해 버린다.

하늘의 바늘구멍은 한계가 없다. 나만큼, 서울만큼, 지구만큼, 우주만큼 크다. 끝이 없는 무한대다.

마음을 가득 채우고는 안 된다. 비워낸 만큼, 덜어낸 만큼 마음이 깨끗해야 한다. 사랑이 들어찬 만큼, 긍정이 불가능을 이긴 만큼, 마음이 따뜻해야 한다.

밖으로 뜬 눈이 감기고, 가슴 눈이 떠져야 한다. 그래야 비로소 천국에 다가갈 수가 있다.

하늘은 둘로 나누어 만들었을까? 하나로 만들었을까? 하늘은 하나이기에 하나만 만든다. 그러기에 단 한 번의 시행착오도 없이 완벽하게 오로지 하나의 세상을 만들었다.

인간은 선악의 과일을 따 먹은 100퍼센트 허虛 자체다. 믿음이 없는 그 인간의 마음으로, 의문과 의심으로 죽어있다. 그래서 하늘이 세상을 둘로 나누어 만들고, 하나를 하늘 어딘가에 감추어놓았다고 오해를 하고 있다.

어려운 퀴즈를 풀게 하고, 잘잘못으로 선별하고 까불러서, 불완전의 이 세상에서 완전한 저 세상으로 불러들인다고 생각한다. 그러나 하늘은 사랑 자체이기에, 하늘의 나라엔 죄업과 심판이 있을 수 없다. 또한 하늘은 하나의 완전함이기에 하나의 세상을 만들었다. 천국만을 창조했다.

진수성찬이 차려진 상을 앞에 두고 마주 앉은 두 사람이 있다. 두 사람이 머물고 있는 곳은 같은 하늘 아래 같은 공간이다.

한 사람은 욕심을 채우려고 남을 해치고 도망쳐 왔다. 또 다른 사람은 다 죽어가는 사람을 구해서 병원으로 이송하고 온 사람이다.

똑같은 공간에서 똑같은 진수성찬을 마주하고 앉아 있지만 한 사람은 지옥이다. 또 한 사람은 천국이다. 한 사람은 모래를 썹으니 독이 되지만, 한 사람은 달게 먹으니 피가 되고 사랑이 된다.

닮게 만들었다고 했다.

하나님 부처님의 자식이니 하나님 부처님 노릇을 하는 것이 당연한 이치가 아닌가?

귀신 노릇만 하고 있으니 답답하지 않은가?

내 마음으로 하는 짓은 하나님 부처님 노릇이 하나도 없다.

하나님 부처님 마음으로 행해야 하나님 부처님 노릇이다.

우리의 삶은 희생할 것도, 희생되어서도 안 된다. 우리는 진리가 만든 진리의 세상을 살고 있다.

어느 시점에 있을 행복을 차지하기 위한 과정으로 생의 어느 한 부분이 보조적인 역할을 해야 할 필요는 없다.

갓난아이는 갓난아이대로, 어린이는 어린이대로, 청소년은 청소년대로, 어른은 어른대로, 노인은 노인대로 언제나 여기에서 행복한 삶이어야 한다. 왜냐하면 생의 모든 부분이 오롯이 진짜 삶이기에 그렇다.

행복, 철들어 사는 재미

　계절을 다른 말로 하면 '철'이라 한다. 농사를 짓는 것은 계절에 맞게 씨를 뿌리고 거두는 일이다. 어릴 적 모내기철에 가뭄으로 모심기가 늦어지면 "철이 늦어서 곡식을 거둘지 모르겠다."고 어른들이 걱정하는 것을 들었던 기억이 난다.

　가뭄이 너무 심한 경우에는 모내기를 포기하고 논에 메밀 씨를 뿌릴 수밖에 없었다. 그해에는 벼 대신 메밀을 심어 배고픔을 이겨내야만 했다고 한다.

　요즘은 저수지와 지하수 등 관계시설이 잘되어 있고, 비닐하우스와 같은 시설재배가 보편화되어 계절에 관계없이 농작물을 가꾸고 수확한다.

　철을 잊은 각종 채소와 과일들이 넘쳐난다. 계절에 맞서고 있는 것을 자연에 대한 극복이라고 해야 할지, 역행이라고 해야 할지 모르겠다.

나이에 맞지 않게 행동을 하거나, 여름에 겨울차림, 겨울에 여름 차림을 하고 다닐 경우 "철이 없다."고 혀를 차게 된다. "언제 철들 어 사람 구실을 하려고 그러느냐?"는 핀잔을 주기도 한다.

"철이 들어 산다."는 것은 '나를 아는 것'이고, '삶의 목적'을 깨닫 고 정신을 차려서 사는 것이다.

나이가 들게 되면 저절로 어른이 되고 세상의 지혜를 갖게 되는 줄 알았다.

80세를 넘기시고 호스피스 병동에서 생을 정리하는 아버지의 목 전에서 감히 물은 적이 있다. "세상을 다 아시느냐?" 아버지는 고개 를 저으시며 눈물을 보이셨다.

나이를 먹는다고 저절로 철이 들고, 지혜가 생겨 순리의 삶을 살 게 되는 것은 아닌 것 같다.

나의 철듦은 물음표에서 시작되었다. 기억을 더듬어 보면 초등 학교 1~2학년쯤이었지 싶다.

토끼가 너무 키우고 싶어 잠을 설치던 때가 있었다. 시간만 나면 토끼를 키우던 집을 기웃거렸다.

언제나 나의 산타클로스는 큰누님이다. 누님과 나는 토끼띠 띠 동갑내기다. 나를 업어서 키우다시피 했으니 누님이 아니라 엄마인

셈이다.

내가 열 살이 채 안 된 나이였으니, 누님의 나이는 20세 전이었으리라. 철이 일찍 났던 누님은 어릴 때부터 서울에서 직장엘 다녔다. 집에 다니러 왔던 누님은 나에게 토끼 한 쌍을 안겨주고 올라갔다.

세상을 다 얻은 기분이었다. 친구들도 부러워라 했다. 아버지는 나무를 잘라다가 멋지고 튼튼한 토끼장을 지어주었다.

토끼는 클로버 잎을 잘 먹는다. 그래서 다들 클로버를 토끼풀이라 불렀다. 토끼가 좋아하는 풀은 이것만이 아니다. 아카시아 잎, 씀바귀, 민들레, 고들빼기, 질경이, 콩잎, 뽕잎, 쑥, 상추 등 다양하게 잘 먹는다. 이 중에서도 잘려지면 하얀 진액이 나오고, 먹어보면 쓴맛이 나는 씀바귀 종류를 유독 좋아한다.

학교를 마치고 돌아오면 토끼를 위한 별식 준비를 위해서 들로 산으로 내달렸었다. 콧노래가 절로 나는 정말 신나는 일이었다.

어느 날, 저녁식사로 맛있는 고깃국이 올려졌다. 그 당시만 해도 생일, 제사, 명절, 잔칫날이 아니면 평상시에는 고기를 먹을 기회가 그렇게 흔하지 않았던 시절이다.

들로 산으로 뛰어다니느라 몹시 허기졌던 참에 고깃국이니, 그 맛은 말해서 무엇 하겠는가?

먹느라고 정신이 없었던 나만 몰랐지, 그런 모습을 식구들은 주시하고 있었다. 아쉬운 듯 그릇을 긁고 있던 나에게 물었다.

"지금 네가 먹은 고기가 무슨 고기인지 아느냐?"

"닭고기요." 당연히 닭고기라 알고 먹었다.

"그렇게 알고 먹었으니 다행이다. 그랬으면 됐다." 왜들 이러는지 감이 잡히질 않았다.

"네가 먹은 것은 토끼 고기다. 낮에 해피가 토끼장 틈새로 나온 토끼를 물어서 죽였어."

해피는 내가 토끼보다 더 좋아하던 우리 집 강아지 이름이다. 왜 먼저 말을 안 해주었느냐, 어떻게 토끼를 먹을 수가 있느냐, 원망을 하며 한참을 울었다. 그러나 어쩌랴. 토끼는 벌써 내 배 속으로 들어가 버렸는데.

나의 첫 번째 물음은 그렇게 시작되었다. 어린 마음이었지만, 상처는 오래도록 내 인생의 한쪽에 자리를 잡았었다.

살아있는 것은 언젠가는 죽는다는 사실을 확인하게 되는 사건이었다. 이후로 '죽음이라는 통증'은 내 곁을 떠나지 않고 맴돌았다.

김동리 단편소설 『소나기』에서의 애틋한 죽음, 동네 선배의 사고, 작은 아버지의 갑작스런 별세, 큰형님과의 이별, 믿고 좋아했던 직장 선배의 죽음, 건강했던 첫 직장 입사동기의 심장마비, 아버지와의 이별 등.

두 번째 질문은 해피와 관련이 있다. 토끼에 대한 원망이 사그라질 무렵 해피는 엄마가 되었다. 해피가 꼬물꼬물 저를 닮은 강아지 몇 마리를 낳았다. 강아지가 구체적으로 몇 마리인지는 기억에 없다.

이것은 어릴 적 기억이라서 그런 것도 있지만, 나의 숫자감각 능력이 부족한 때문이다. 이런 숫자 무감각은 악착같이 따져 묻지 않아 도움이 될 때도 있지만, 숫자를 구체적으로 제시해야 하는 경우, 종종 낭패를 불러오기도 한다.

아무튼 강아지의 탄생은 세 번째로 세상을 얻은 기쁨이었다. 해피를 사왔을 때, 토끼를 데려왔을 때 이후로.

강아지들은 해피와 함께 앞뒤 마당과 텃밭 등 사방을 헤집고 돌아다녔다. 온갖 말썽은 있는 대로 피워댔다.

어느 정도 자라서 감당하기가 어려워질 무렵 강아지는 한 마리만 남고 분양이 되어 집을 떠났다. 남은 강아지는 반짝반짝 윤기가 흐르는 까만색이었다. 학교에서 돌아올라치면 그 녀석들은 멀리에서부터 나를 알아보고 달려와 반기곤 했다.

그런 강아지를 탐내는 사람이 있었다. 학교 옆에 사는 아주머니가 우리 강아지를 사 가고 싶다고 했단다. 내가 너무도 완강하게 반대를 하자 분양은 무산되었다. 그래도 마음 한구석에는 강아지가 언젠가는 분양되어 가지 않을까 하는 걱정은 남았다.

그날도 수업을 마치고 운동장 청소를 하고 있었다. 운동장 청소를 하면 쓰레기를 제외한 모아진 흙과 돌 등은 나무 밑을 삽으로 파고 묻었다. 삽질을 하다가 힘이 들어 쉬려고 고개를 들었다.

멀리서 누가 검정색 강아지를 끌면서 오는 모습이 눈에 들어왔다.

‘드디어 올 것이 왔는가?’ 우리 집 강아지가 아니길 간절하게 바랐다.

‘혹시나 우리 집 강아지일지도 몰라.’ 하는 생각을 하게 되면 온몸의 기운이 다 빠져나갔다. 그렇게 나는 나무 밑에서 삽을 의지해 한참을 서있어야 했다.

운명은 바람대로 이루어지는 법이 없는 법, 집 앞에 다다르자 달려 나오는 녀석은 해피뿐이다. 아까 끌려가던 강아지는 해피의 강아지였다.

강아지와의 헤어짐은 아픔이었다. 헤어짐은 가슴 한켠을 아리게 하는 그 무엇이 있었다. 다니러 왔다가 올라가는 큰누님의 뒷모습을 바라봤을 때의 그런 아림이었다. 그러나 강도는 그에 비할 바가 아니었다.

그 뒤로 학교엘 가면 틈틈이 강아지를 보러 갔다. 어찌나 반가워하고 달려드는지, 멀리 학교 운동장에서도 녀석은 부르기만 하면 언제든지 달려왔다.

한동안 헤어짐을 달래는 그런 만남은 계속되었다. 그러나 그 녀석과의 마지막이 기억에는 없다. 차라리 없는 편이 나았던 걸까? 아무리 더듬어봐도 그 기억은 되새겨지지 않는다. 그렇게 그 녀석과는 헤어졌다. 그나마 아픔을 남기지 않은 기억이었으니 다행이다.

탄생과 죽음, 만남과 헤어짐은 철듦을 재촉하고 여물게 하려는 세상의 깊은 뜻일지도 모르겠다. 어린 나이에도 물음표를 던질 수 있게 하였으니 말이다.

쌓여진 물음표는 언젠가는 답답함을 토로하게 한다. 고등학교 시절부터였지 싶다. 남아있는 당시의 낙서 노트를 펼쳐보면 답답함을 표현했던 자취가 곳곳에서 보인다. 이후 대학, 군대, 사회생활은 틈틈이 답을 전해주기도 했다. 급한 마음에 분주하게 답을 찾아다니는 시간이기도 했다.

철이 든다는 것은 정신을 차리는 것이다. 간절한 물음표는 철이 드는 용트림이다. 용트림은 언젠가는 가슴으로 세상을 여는 순간을 만나게 한다.

내 마음을 벗어나 자연마음으로 돌아가는 일은 정말로 가슴이 벅차고 행복한 일이다. 세상은 삶의 목적을 이루게 하는 가르침을 끊임없이 토해낸다.

어린 적 종아리에 철썩였던 '사랑의 매'처럼, 아픔과 시련의 조건은 '사랑'이다.

'나를 살리는 조건'은 '감사'하며 받아들일 때 녹아 없어진다. 역할을 다했으니, 필요가 없을 수밖에.

'사랑과 감사'를 알고, 목적을 향하여 무소의 뿔처럼 갈 때, 그 재미는 이루 말할 수 없이 좋다. 이런 것이 행복이 아니라면, 그 무엇을 행복이라고 할 수가 있으랴.

5

어디 가시게요?

우리 세 식구는 산본 신도시에서 오래 살았다. 오산에서 살다가 아이가 네 살 때 이사를 했으니, 20년 이상을 산 셈이다. 딸아이에 겐 산본이 고향이나 마찬가지다.

누구든 고향을 떠올리면 가슴 한구석이 아련하기 마련이다. 그 곳에서 안양으로 이사를 했으니, 서로들 말은 안 했지만 한동안 가 슴앓이를 하였지 싶다.

어릴 적 추억이 묻어 있는 곳은 다 그렇다. 솔개를 막아주는 어미 닭의 날갯죽지 같은 따스한 품이 그리워서 그런 것이다. 그곳엔 엄 마 아빠의 품에 안겨서 자랐던 마음이 담겨져 있기에 그러하다.

딸아이가 다섯 살 되던 해 아이를 데리고 수리산에 올랐었다. 수 리산 정상은 아이가 오르기엔 다소 무리가 따르는 높이다. 아이는 송골송골 땀이 맺힌 얼굴로 당차게 올랐다. 중간 중간 아자 아자를 외쳐주면 곧잘 따라 하면서.

앙증맞은 모습에 오르내리던 등산객들이 파이팅을 외쳐줬다. 인정을 받고 있음을 알았는지 상기된 표정이다. 나는 아이의 손만 잡아주었다. 아이는 온전히 자기의 힘으로 올랐다.

드디어 슬기봉! 조그만 것이 감격해하는 모습이라니. '아이와 함께한다는 것이 이런 기분이구나!'를 실감하는 순간이었다. 이후에도 아이는 그 순간을 못 잊어 하며 수리산에 오르길 종종 졸랐다.

한동안은 아이와 인라인스케이트를 타는 재미에 빠진 적도 있었다. 집 앞 도장공원에 있는 작은 인라인스케이트장은 우리의 전용 구장이었다. 이곳을 벗어나서는 중앙공원, 체육공원, 평촌중앙공원을 내달렸다.

가장 많이 즐겼던 것은 자전거였다. 우리의 자전거 길은 도장공원을 시작으로 신흥초등학교, 도장중학교 운동장을 돌아 중앙공원으로 이어졌다. 우리들만의 자전거 길도 있었다. 다른 곳을 달리다가도 "우리 길로 가자."는 신호와 함께 비밀의 장소로 이동을 하곤 했다. 지칠 때쯤이면 가로수 길 벤치에 앉아 땀을 식히며 아이스크림도 먹었다.

딸아이 없이, 혹시나 하는 그리운 마음에 아이스크림을 먹어보지만 그 맛은 아니다. 그때, 그곳에서만 샘솟던 맛이었지 싶다. 지나쳤으면 평생 맛보지 못했을 맛! 못내 그립다.

우리는 배우고 준비해서 부모가 되질 않는다. 당연히 당황하게 되는 순간을 마주하게 된다. 우리 부부도 그런 때가 있었다.

그럴 때쯤, 편지 쓰기를 제안했다. 식구가 3명이니, 각자 2권의 노트를 마련했다. 딸아이는 사랑하는 아빠에게, 사랑하는 엄마에게, 아빠는 사랑하는 딸에게, 사랑하는 ○○씨에게, 엄마는 사랑하는 딸에게, 사랑하는 ○○씨에게, 노트에는 받는 사람을 표시했다.

편지를 쓰는 날은 매주 수요일로 했다. 당연히 TV는 OFF다. 워밍업으로 뜨거운 물로 족욕을 했다. 3명이 커다란 대야에 발을 담그고 간지럼을 치면서 온족욕을 하는 맛은 남달랐다. 족욕 후엔 마른수건으로 발을 닦아주고, 간단하게 발 마사지도 곁들여 주었다. 인기 만점이었다.

거실의 전등불을 끄고 촛불을 켰다. 서로에게 전해 받은 노트편지를 읽었다. 어색함도 잠시, 전해오는 속마음으로 눈물을 닦게도 된다. 때로는 미안하기도 하고, 고맙기도 했다. 반성도 하고, 용서도 구했다. 되돌아보면, 그곳 그 모습은 '천국'이라는 말 이외에는 달리 표현할 방법이 없을 듯하다.

자취를 감췄던 제비가 요즘 들어 눈에 띄게 많이 보인다. 수년간은 아예 자취를 감춰서 찾아보기가 힘들 정도였었는데 다행스런 일이다.

예전 시골에서는 봄이 되면 집집마다 제비집 둥지가 두세 개씩은 있었다. 제비는 꼭 사람이 출입하는 입구 쪽의 처마 밑이나 마루의 대들보 등에 둥지를 틀었다.

사람이 자주 왕래하는 곳은 천적으로부터 보호를 받을 수 있기 때문이다. 그러니 여간 귀찮은 일이 아니다.

제비는 지푸라기가 섞인 진흙덩어리로 둥지를 짓는다. 이것을 물어 나르면서 떨어뜨리거나 배설물을 배출한다.

새끼가 부화되면 그 정도는 더욱 심하다. 머리와 옷 등에 떨어지기도 하고 마루와 토방 등을 더럽히기도 한다. 이를 방지하기 위해서는 둥지 밑에 못 두 개를 나란히 박고 널빤지를 대어주어야 한다. 그렇지 않을 경우 심심찮게 피해를 당하기 십상이다.

제비는 가을 찬바람이 불기 전 성장한 자식들을 데리고 훌쩍 떠나간다. 휑하니 빈 둥지만을 남기고선. 아주 매정한 녀석들이다. 그래도 봄이 되기 무섭게 녀석들을 기다리는 걸 보면, 든 정이 그리 얇지만은 않은 듯싶다.

제비둥지는 텅 빈 채로 한동안 아쉬움을 달래게 된다. 제비 특유의 지저귐으로 아침잠을 깨우던 귀 울림이 사그라질 즈음, 빈 둥지는 설치했던 널빤지와 함께 철거된다. 분가한 녀석들이 돌아와 새 둥지를 틀고 가족을 꾸려갈 기대를 하면서.

한 철을 말없이 살다 떠난 제비가 떠난 둥지도 아쉬움이 묻어있다. 하물며 스물다섯 해를 품다가 내보낸 딸아이의 빈방은 더욱더 짠할 수밖에 없다. 나도 이러하니 아내의 마음은 훨씬 더 짠하고 아릴 것이다.

딸아이가 멀지는 않지만 강동구 고덕으로 거처를 옮겼다. 주말마다 와서 이틀씩을 자고 가니 분가라고 할 것도 없지만, 평상시 비어있는 딸아이의 빈방을 보는 마음이 그리 포근하지만은 않다.

한쪽 날갯죽지가 부러진 느낌이랄까. 뭐 그렇다. 점점 익숙해져 가겠지만, 한동안 우리 부부는 응어리를 풀어내느라 잠을 뒤척일지도 모른다.

아이가 초등학교에 입학했던 해에는 고향집 마당 한편에 은행나무로 기념식수를 했었다. 아버지가 고향집을 지키고 계셨기에 정성을 기울여 주셨다.

20년 가까이 자란 은행나무는 마을의 쉼터 역할은 물론이고, 가을이면 여러 집이 나누어 먹을 만큼의 은행을 떨구어 준다.

지금 고향집을 지키고 있는 것은 은행나무밖에 없다. 딸아이가 성인이 된 지금은 자신의 이름을 명판에 새겨 은행나무에 달아주기도 하고, 가끔 친구와 놀러 가서 영양제 비료를 꽂아주고 오기도 한다. 이런 모습을 바라보는 것, 참 행복한 일이다.

지나고 보면 지지고 볶았던 터라서 그리 살갑지 않았던 일상도 행복이었다는 생각이 든다. 이런 마음은 나이를 들어가면서 점점 더 그러해진다.

역동적이지도 흥분되지도 않은 그저 무료하기만 한 시간도, 행복으로 보듬을 줄 안다는 것은 더없는 깨달음이다. 나이를 먹음이란, 이런 달관이 켜켜이 쌓여지는 시간을 의미한다.

집도 좋고, 도서관 벤치도 좋고, 화려하지 않은 평범함 카페도 좋다. 달달한 믹스 커피도 좋고, 비싸지 않은 아메리카노도 좋고, 우려내는 차 종류도 좋다.

차 한 잔을 앞에 두고 아내와 대화를 나누다 보면 '참 좋은 친구가 되었구나!'라는 마음이 저절로 든다.

"우리는 지금, 이 시간이 행복한 시간이었다는 걸 나중에도 회상하게 될 거야."

"우리는 지금, 그런 행복한 시간을 보내고 있는 것이지."라는 말에 서로 깊은 공감을 하는 걸 보면 더욱 그렇다.

돌이켜 보건대, 부모가 되어, 아이가 자라는 모습을 무던히 바라본다는 것은, 어지간한 내공으로는 실천하기가 힘들다는 것을 실감한다.

더욱이 아이를 통하여 만족감을 충족하여 보겠다는 욕망은 가장 물리치기가 어렵다. 특히나 무엇이든 이분법적으로 비교하고 판단하여 성공과 실패를 가늠하는 세상이니 더더욱 그렇다.

행복도 원하는 조건과 대상이 충족되거나 얻어져야 한다는 것이 진리처럼 굳어진 세상이다. 이런 상황이니, 지금의 모습은 한낱 과정으로 치부하여 지나쳐버리게 된다.

낚시를 하면서, 끌려서 나오던 물고기가 떨어지게 되면 "다 잡은 물고기를 놓쳤다."라는 표현을 한다. 우리는 매 순간 물고기를 낚아 올리고 있는지도 모른다. 우리의 삶은 주어진 것이 따로 없다. 매 순간 주어진 지금에만 머물 수밖에 없다.

남녀노소를 막론하고 이런 진리는 변함이 없다. 그러니 어느 시점을 정하여 놓고, 그곳을 향하여 간다는 것은 진리에 역행하는 짓이다.

'우리는 왜 자연의 모든 만물들이 따르고 있는 진리를 거부하고 있는 것일까?'

《 어디 가시게요? 》

우리는 세상을 살면서 가장 아름다운 천국 중의 천국을 두 번 맞이합니다.
태어나서부터 부모님의 보살핌을 받던 어린 시절과 내가 부모가 되어 아이들을 품고 있을 때입니다.
그런데 안타깝게도 우리는 천국이 먼 미지의 곳, 먼 미래에 있다고 착각하여 천국을 모르고 지나쳐버립니다.

무엇이 이루어진 후에 온다고 생각합니다.
성장하고, 학교 마쳐서 성인이 되면 내 세상 천국이 있을 것이라고 착각합니다.

이놈들 다 키우고 나면 둘이서 행복하리라고 착각합니다.

악착같이 벌어 쌓아놓으면 행복하게 살 수 있을 것이라 믿습니다.

원했던 집, 전원생활 계획이 이루어지면 천국일 것이란 막연한 희망을 품습니다.

와보니, 돼보니, 여기가 맞는가요?

오려고 했던 곳, 되려고 했던 것 맞나요?

이 질문, 죽음의 문턱에서 듣는다면 어떨까요?

어디 가려 하지 말아야 합니다.

엄마 아빠 품에 있을 때 천국입니다. 아무 걱정하지 말고 정말로 천진난만해야 합니다.

갓난아기 때도, 유치원 때도, 학교시절도 절대로 과정이 아닙니다.

어디를 가야 하는, 무엇이 돼야 하는, 과정이 아니고 진짜 삶입니다.

비바람 막아줄 언덕이고, 느티나무인 나의 부모가 포근하게 감싸주는 진짜 천국세상입니다.

다 키워 내보내고, 번듯하게 키워놓고, 내 노후 편안해 보겠다고, 달려가지 마십시오.

아쉬움만 남는다 합니다. 골병 든 몸뚱이만 남는다 합니다.

멈춰야 합니다. 이것 돼라, 저것 돼라, 내몰지 말아야 합니다.

어린아이, 어른 할 것 없이, 세상사람 모두에게 주어진 시간은 지금
밖에 없습니다.

어디 가시게요? 천국은 언제나 지금 여기입니다. 천국은 언제나 행
복한 세상입니다. 이 세상은 천국입니다.

우렁각시 밖으로 나오다

재벌가 2세들의 일탈과 자살소식이 심심찮게 등장한다. 그들은 남들이 부러워하는 금수저다. 태어날 때부터 그들의 손에는 금수저가 쥐어졌다. 그런데 이러는 이유가 뭔가?

그들은 속칭 파워 엘리트 그룹이 아닌가? 대다수의 사람들이 그 대열에 합류해 보고자 안달하고 있다. 소원하고 있다. 그런 곳에서의 대열의 이탈이라니.

겨울의 문턱쯤에 벼 베기를 마친 논에 가면 우렁이를 잡을 수 있다. 무더운 여름은 무논의 벼 이삭을 알곡지게 한다. 그 틈에 우렁이도 덩달아 살을 찌운다.

아침햇살에 서리가 움츠러드는 시간이 우렁이를 불러내기에 좋다. 단춧구멍처럼 뚫려있는 숨구멍에 우렁이가 들어가 있다. 손가락을 집어넣어 파내기만 하면 된다. 우렁이는 껍데기가 나선형 모양으로 달팽이나 소라와 비슷하게 생겼다. 색깔은 청황색이다. 개중에 운이 좋아 오래 묵은 녀석은 논바닥의 색깔을 하고 있다.

우렁이는 된장과 어울려야 제격이다. 구수한 것이 입맛을 당기게 한다. 우렁이를 넣은 된장찌개와 강된장은 문득문득 그리움을 부르는 음식이다. 그래서 가끔 시절이 그리울 때면, 먼 길도 마다않고 우렁이 쌈밥집을 찾게 된다.

잡아온 우렁이는 맑은 샘물을 가득 채운 넓은 질그릇에 담가놓는다. 녀석들은 머금은 진흙을 뱉어낸다. 며칠 동안 우렁이는 질그릇에서 산다. 우렁이는 나선형 모양의 껍질 집을 짊어지고선 기어 다닌다. 몸을 길게 빼내고, 촉수를 천천히 움직여 가며 질그릇 바닥을 배회한다.

이쯤에서 우렁각시가 등장한다. 아무도 없는 밤이면 우렁이 속에서 예쁜 각시가 나온다고 했다. 사람이 있으면 그 모습을 절대로 드러내지 않는단다.

물속에서는 사람이 생존할 수도 없을뿐더러, 저렇게 꼬불꼬불하고 깜깜한 동굴 같은 곳에서 더더욱 숨이 막히고 답답해서 살 수가 없다는 것을 안다. 그래도 어쩌나, 옛날얘기는 언제나 재밌는걸.

'속아주는 척하자. 우렁각시 이야기를 한 번이라도 더 들으려면 어쩔 수 없잖아.'

'엉뚱한 비약'이지만 우렁각시가 지체가 높은 대감댁의 외동딸이라는 상상을 해본다.

한양에서 내려온 대감의 집은 마을에서는 높은 성과 같은 존재다. 어렵사리 얻은 무남독녀 외동딸은 이 성에서만 산다. 집 밖으로 나와 사람들과 어울린다는 것은 언감생심 꿈도 꿀 수가 없다.

대감은 예전의 영광을 동경한다. 그런데 딸밖에 없다. 그러니 돌파구는 외동딸이 유일한 방법이다. 자신보다 높은 집안의 아주 잘난 사위를 맞이해야 하는 게 일생의 과업이다.

참하고 똑똑한 유모가 붙여진다. 하루가 모자랄 정도로 가르침을 받도록 한다. 바느질, 요리, 예절과 법도 등을 배우고 익혀야 한다. 하루 종일 흐트러짐 없는 몸가짐을 해야 한다. 유명한 스승을 붙여 서화를 배우도록 했다. 글을 읽고, 시를 짓고, 난도 치고 그림도 배워야 한다. 왠지 낯설지 않은 것이 요즘 우리 주변의 일상과 별반 다르지 않은 모습이다.

틈이 벌어지면 둑이 무너지거나 벽을 쓰러지게도 하지만, 벌어진 틈은 신선한 공기를 끌어들여 목숨을 살리게도 한다.

성에도 틈이 생겼는지 외동딸이 집을 나와 밖을 구경하게 된다. 태어나서 처음 보는 것들이다 보니, 신기하고 새롭기만 하다. 넋을 놓고 구경하다가 집에서 꽤 멀리까지 오게 된다.

초라했지만 편안한 집이다. 성 같은 자신의 집과는 비교조차 안 되는 집이었지만, 집은 강과 들이 어우러진 마을의 풍광이 한눈에 보이는 곳에 자리하고 있다.

방 안에는 떠꺼머리총각이 어머니와 다정하게 담소를 나누고 있다. 행색은 한 번도 보지 못했던 남루한 모습이지만, 오가는 말투와 표정은 너무나도 편안해 보인다.

태어나서 여태껏 한 번도 접해 보지 못한 풍광들뿐이다. 언제나 다시 볼 수 있을지 몰라서 마음에 담고 또 담았다.

그렇게 돌아온 외동딸은 담아온 것들을 떨쳐낼 수가 없었다. 틈이 보이기만 하면 잠행을 했다. 어머니와 총각이 살고 있는 집으로 달려갔다. 먹을 것을 몰래 가져다 놓기도 했다. 총각과 어머니의 체형에 맞게 옷도 지어다 놓았다. 틈틈이 솜씨를 발휘하여 집안일을 해주기도 했다. 세 사람은 그렇게 서로의 존재를 확인하게 되었고, 정이 깊어지게 된다.

어느 날 외동딸은 총각이 잡아다 놓은 우렁이를 물끄러미 바라보다가 깊은 상념에 잠긴다.

"지금까지 내가 살아왔던 집은 저 우렁이의 껍데기 속과 다름이 없었구나. 꼬부라져 점점 좁아지는 우렁이 껍질 속에 갇혀있었구나."

집 안은 휘황찬란했으나 어둡기가 그지없었고, 목숨은 붙어있으되 죽어있었던 삶, 어떤 것으로도 되찾은 자유를 다시 묶을 수는 없었다.

외동딸은 우렁각시가 되기로 결심한다. 3년이 흘러 아이를 갖게 된다. 당시는 엄격한 신분사회였고, 남존여비 사상이 시퍼렇게 살아 있던 때다.

혼전임신이라니, 집안도 형편없고, 근본도 없는 홀어미의 자식이다. 그러나 어찌하랴. 열녀문이 집안의 영광이던 시절이다. 금지옥엽 외동딸을 버릴 수도 없다. 억지로 격을 맞추고, 신분을 세탁할 수밖에.

우습지만, 우렁각시와 떠꺼머리총각은 아들딸 낳고 부모에게 효도하며 잘살았다는 게 '엉뚱한 비약'의 결론이다.

한 편의 설화로 살펴본 한 단면이지만, 남존여비 사상이라든지, 신분제도만 하더라도 인간으로서 참 우매한 짓이었다. 그것을 당연한 것으로 받아들이고 살아온 것을 보면 인간이 얼마나 어리석은 존재인지를 다시금 생각하게 된다.

동서양을 막론하고 신분제도가 유지된 세월이 오래된 만큼, 그것의 종지부를 고하는 데에도 상당한 세월이 필요했었다.

현재를 살고 있는 우리들도 그런 불합리한 제도만큼이나 어렵고도 부수기 어려운 난제들을 안고 살아간다. 신분제도 하의 유전인자가 남아 있어서 그런지는 몰라도, 어떻게 하든 상하를 구분 짓고자 하는 습성들은 변함이 없다.

그것의 대표적인 사례가 부의 축적이고, 이를 세습하려는 의지와 관습 또한 강하다. 하나의 종교적인 관념처럼 고착되어졌다.

한동안 〈SKY 캐슬〉이라는 드라마가 열풍을 일으킨 적이 있었다. 요즘은 자립형 사립 고등학교 폐지문제로 교육계가 시끄럽다.

항상 뜨거운 감자처럼 되어버린 강남 등지의 과외열풍은 주 메뉴이
니 당연한 현상이다. 드라마는 그저 드라마일 뿐이다. 엄청난 반향
을 일으킨 드라마였지만, 던져진 메시지가 그다지 강력하지는 못했
었나 보다. 다들 강 건너 불구경하듯 하다가 평상시로 돌아갔다.

　작금의 현실이 깜깜하고 답답한 우렁이의 소굴이어도 좋으니,
나만은 금수저를 차지해야겠다는 열망뿐이다. 아니 우렁이 속이라
는 사실을 모르는 것 같기도 하다.

　우리나라의 대표적인 재벌가의 사례만을 봐도 알 수가 있다. 형
제가 목숨을 버린 것에는 아무런 의미를 두고 있지 않다.

　뒤에 벌어지는 일들을 종합해 보니 더욱더 사실로 굳어진다. 줄
줄이 이혼에, 형제간의 다툼을 하고 있는 것을 보면 그렇다. 그런
것을 보면서도 아랑곳하지 않고 직진을 계속하고 있는 우리들이라
고 해서 또한 별반 다른 것 같지도 않다.

　머물러 있는 곳이 우렁이 껍질 같은 나선형의 막다른 골목임을
아는 것이 '정신을 차리는 것'이다. 되돌아 나와 무한대로 펼쳐진 우
주를 만난다는 것이 지혜다.

　깨달음이란 별것이 없다. 이 정신 차림과 지혜를 일컬어 '깨달음'
이라고 부른다.

빌어먹을 놈

'어떤 사물의 효과나 작용이 다른 것에 미치는 힘, 또는 그 크기나 정도'를 영향력이라 한다. 대부분 그 사람의 영향력은 살아있을 때 나타난다.

"정승집의 개가 죽으면 문전성시를 이루지만 정작 정승이 죽으면 문상객을 보기 어렵다."는 속담도 이런 연유에서 비롯되었다.

다 그런 것은 아니다. 종종 예외적인 분들도 많다. 대표적인 분들이 김수환 추기경님과 법정 스님이다. 하나같이 청빈한 삶을 실천하였던 분들이다. 이분들은 비움으로부터 나오는 힘으로써 생의 전후에 걸쳐 사회 전반에 많은 영향을 주고 있다.

그렇다면 '청빈과 낮음의 대명사' 김수환 추기경과 '무소유'의 삶을 몸소 보여주었던 법정 스님의 영향력은 어느 정도일까? 이를 통하여 우리 사회는 얼마만큼 온기가 상승을 하였고, 스트레스 지수는 얼마나 내려갔을까? 또 그런 그들의 힘은 무엇일까? 무척이나 궁금하다.

돈에는 힘이 있다. 돈이면 모든 것이 해결되는 시절이다. 돈이면 안 되는 일도 해결이 된다. 사람을 부리는 힘, 사람을 지배하는 힘, 권력을 주무르는 힘, 신분을 상승시키는 힘, 과시를 할 수 있는 힘, 건강을 지키는 힘, 욕구를 충족하는 힘 등 돈의 힘은 대단해 보인다.

그 힘을 얻고자 돈을 버는 일에 많은 노력을 기울인다. 많은 정도가 아니라 자신이 갖고 있는 모든 역량을 집중한다. 근래 들어 그 강도는 더욱더 강해졌다.

쉽게 하루 동안의 생활을 살펴봐도 알 수 있다. 출근부터 퇴근까지 하는 일이라곤 모두 다 돈을 버는 일을 한다. 공부를 하는 목적도 좋은 직장과 직업을 선택하기 위한 수단이 되어버렸다.

대체로 평균 60세까지 경제활동을 하고 있으니, 일생의 대부분이 돈을 버는 것으로 쓰인다는 결론이다. 달리 말하면 태어나서 오직 한 일이라고는 돈을 버는 일밖에 없다.

돈의 교묘한 역습이라고 해야 하나? 돈이라는 괴怪 생명체가 알게 모르게 사람을 조종한다는 이야기가 된다. 사람이 노예가 되어 돈의 세상을 구축하고 있는 것이나 마찬가지다. 아이러니한 상황이 벌어진 것이다.

"빌어먹다."는 말이 있다. 구걸하여 먹고 산다는 말이다. 달리 말하면 거지란 이야기다. 가장 심한 욕 중의 하나가 '빌어먹을 놈'이란

욕이다. '거지가 되어 구걸하여 먹고살 놈'이라는 표현이다.

사람들은 돈의 힘을 필요로 한다. 돈의 힘을 빌려서 살고 있다. 지갑에 돈이 떨어지면 어깨가 축 처지고 자신감이 없어진다. 반대로 돈이 있으면 괜한 자신감으로 힘이 난다.

돈에 대한 구걸은 끝이 없다. 그렇게 구걸한 힘으로 고작 하는 일이 갑질이다. 근래 돈의 힘을 빌어서 갑질하는 행태를 보고 있노라면 호가호위狐假虎威와 그대로 닮아있다. 하는 짓이 등 뒤에 호랑이를 데리고 나타나서 설치는 여우의 거들먹거리는 꼴과 하나도 다르지 않다. 적게 가지면 적게 가진 대로, 많이 가지면 많이 가진 대로 정도의 차이만 다를 뿐 모두들 그리하고 있다.

평생을 돈의 힘을 빌려서 살고 있으니 자기가 가지고 있는 힘의 존재를 알 턱이 없다. 그러니 돈을 지키려 눈에 불을 켠다. 부모형제도, 자식도, 부부도, 친구도 돈 앞에는 아무 소용이 없다. 오로지 돈이 우선이다. 이러니 갑작스레 돈을 잃게 되는 경우 자신의 목숨을 포기하기도 한다. 한 번도 자신의 힘으로 살아보지 못했으니 당연한 결과다.

세상의 어떤 거지도 자식까지 빌어먹고 살기를 원하지는 않는다. 빌어먹고 사는 일은 자기 대에서 끝나길 염원하는 게 인지상정이다.

하물며 구걸하여 먹고사는 거지도 이러하거늘, 올바른 정신을 가진 부모는 절대로 있을 수 없는 일이다. 절대로!

그런데 우리는 절대로 해서는 안 되는 일을 하고 있다. 그것도 편법과 탈법을 동원하면서까지 물려주지 못해서 안달이다. 물려주는 과정에서도 가족 간의 이전투구泥田鬪狗가 차마 눈을 뜨고는 보지 못할 지경이다. 서로 많이 차지하려고 물고 뜯고 난리가 아니다. 또한 대를 이어가며 빌어먹으라고 자식은 물론 손주까지 챙기고 있다.

돈이 없던 시절에도 사람은 살았다. 지금과 같은 생각으로 살아가야 한다면 돈이 없으니 아무것도 할 수가 없어야 한다. 극단적으로는 돈이 없으니 삶을 포기해야 하고, 목숨도 버려야 한다. 하지만 그 시절에도 이런 생각을 가지지 않고 잘 살았다. 어떻게?

모든 것은 마음에서 비롯되어진다. 그러니 몸이 사는 것이 아니라 마음이 살고 있는 것이다. 마음에서 풀어보자. 지금 자신이 가지고 있는 것들을 보라. 돈, 사랑, 명예, 인연, 자존심을 가지고 있다.

이것들이 세분되어 있을 뿐 이 범위에 들지 않는 것은 없다. 지금 자신을 지탱하고 있는 힘은 여기에서 나온다고 믿고 있다. 그러니 자신이 지키고 공들여 가꾸어야 할 대상도 이것들일 뿐이다. 평생을 그리 살았고, 앞으로도 이리 살 것이니, 반론이나 항변을 할 필요도 없다.

이것들을 한 가지씩 내 자신으로부터 없애보자.
내 수중엔 더 이상 돈이 없다고 생각해 보자. 실제 버리라는 것이 아니고, 마음으로 해보자는 것이니 아무런 문제는 없다. 그래도 한

번에 내려놓아지지 않는다. 평생을 목숨보다도 더 소중하게 생각하였으니 당연하다.

소유한 주택이나 건물, 상가, 토지 등 가지고 있던 모든 부동산을 빼낸다. 가지고 있는 현금, 예금, 신용카드, 주식, 귀금속, 책, 전자기기, 의복, 심지어 지금 몸을 감싸고 있는 신발과 옷가지를 없앤다. 비행기, 자동차, 할리데이비슨, 자전거 등 일체의 이동수단을 내다 버린다. 더 들어가서 자신의 것이라고 생각되어지는 일체의 것들이 사라진다.

"발가벗겨졌다. 어떤 기분인가?"

사랑이라는 대상들도 없애본다. 나에게 사랑을 주는 대상, 내가 사랑을 주고 있는 대상, 애지중지하는 고가의 분재화분도, 애완견도, 어항 속의 구피도 심지어 내가 믿고 있는 종교의 신도, 성직자도 빼낸다.

명예도 정리한다. 직업, 맡고 있는 직책, 대통령, 장관, 국회의원, 과장, 부장, 채권자, 채무자, 아버지, 어머니, 아들, 딸이라는 역할과 자리도 없앤다.

인연도 정리한다. 아내, 남편, 어머니, 아버지, 아들, 딸, 손자, 손녀, 친구, 연인, 이웃, 직장동료, 원수 등 하나도 남김없이 없앤다.

자존심도 빼내보자. 이것을 없애는 방법은 간단하다. 지금 세상에서 내가 가장 싫어하는 사람이 나를 발로 차고 따귀를 때린다. 침을 뱉고 욕하고 있다. 많은 사람 앞에서 나의 치부를 드러내며 모욕을 준다.

"힘 드는가?"

이렇게 알몸뚱이만 덩그러니 남아도 나는 그대로 살아있다. 당연한 이치이다.

한자리에 뿌리내리고 있는 소나무도, 밤나무도, 앵두나무도, 사과나무도 산다. 꿋꿋하게 100년도 살고, 200년도 살고, 500년도 산다.

팔다리가 없는 지렁이도, 뱀도, 아메바도, 뱀장어도, 소라도, 전복도, 불가사리도 산다. 땅에서도 살고, 땅속에서도 살고, 물속에서도 산다. 다들 잘 살아가고 있다.

가진 것, 쌓아놓은 것 하나 없어도 아무런 문제없이 살아간다. 자신만의 힘으로 당당하게 살아간다.

나만이 그랬던 거다. 자신의 진짜 힘은 내팽개치고, 그것들의 힘을 빌어먹고 평생을 살았다. 그 힘을 빌리고자 내 모든 것 바치고 살았다. 노예도 그런 노예가 없었다.

하루를 살아도 내 힘으로 살아내자. 그래야 행복이다. 구차하게 빌어먹는데, 행복할 수가 없다. 행복한 것으로 착각을 했을 뿐이다.

나한테서 빼내면 살 수 없는 것이 있다. 그것이 내가 진정 보듬고 살아야 하는 것들이다.

그것은 자연이다. 공기요, 바람이요, 물이요, 공기요, 햇빛이요,

사랑이요, 지혜요, 순리다. 이것이 나라고 하는 것이다. 하나라도 없으면 당장 죽는 것, 진짜 내 목숨 줄이다.

"얼마나 좋은가?"

내 목숨은 내가 얻으려 하지 않아도, 쌓아놓지 않아도, 구걸하지 않아도, 매달리지 않아도 항상 그렇게 나를 위해 존재한다. 나로 살아가게 하는 진정한 힘이다.

가짐과 채움에는 아픔과 슬픔과 좌절만 있을 뿐 답이 없다. 답은 언제나 내려놓음과 비움에 있다.

자연은 둘이었던 적이 한 번도 없었다. 자연은 하나로서 가장 높고, 가장 낮고, 가장 넓고, 언제나 영원히 그렇게 지금 여기에 존재한다.

'무소유'는 나라고 하는 일체를 내려놓는 것이다. 나 없음의 진리로 세상과 하나 되어, 세상을 품는 일이다. 그러니 '무'를 소유(실천)한 것은 세상에서 가장 큰 욕심을 부린 것이다. 예수님과 석가모니 부처님이 그랬고, 김수환 추기경님과 법정 스님이 그랬다.

"빌어먹는 것보다 비참한 일은 없다. 그런데 그보다 더 비참한 것이 있으니, 자기가 빌어먹고 있는 줄도 모르고 사는 것이다."

'빌어먹을 놈의 짓 멈추고, 무소유의 욕심을 한 번 부려보는 건 어떨까?'

《 세상이라 행복합니다 》

지킬 것이 없어 자유로우니 행복합니다.

숨길 것이 없어 자유로우니 행복합니다.

변명할 것이 없어 자유로우니 행복합니다.

시비가 없어 자유로우니 행복합니다.

분별이 없어 자유로우니 행복합니다.

너 나가 없어 자유로우니 행복합니다.

자유입니다. 세상입니다.

모두를 가지니, 더 가질 것 없어 행복합니다.

제 4장

다시 만난
나에게

되찾을 수 없는 게 세월이니
시시한 일에
시간을 낭비하지 말고
순간순간을
후회 없이 잘 살아야 한다.
- 루소 -

사람들은 항상 시간이 지나면
변한다고들 하지만
사실은 그런 변화를 만드는 것은
바로 자신 스스로다.
- 앤디 워홀 -

우리는 두려움의 홍수에
버티기 위해서
끊임없이
용기의 둑을 쌓아야 한다.
- 마틴 루터 킹 -

너는 누구인가?

오래된 습관으로부터 벗어나는 일은 힘드는 일이다.

달콤함을 주는 것들은 더욱더 그렇다. 달달한 믹스커피가 그렇고, 부드럽게 달콤한 단팥빵이 그렇다.

담배는 달달한 것하고는 거리가 멀지만 마약으로 분류될 정도로 중독성이 강하다. 한번 중독되면 끊어내기가 쉽지 않다. 니코틴이 신경계에 작용하고 교감 및 부교감 신경을 흥분시켜 일시적으로 쾌감을 가져오기에 그러하다.

대학교 2학년 무렵 담배를 피우기 시작했다.

담배를 피우는 모습을 보고, 엄마 같은 띠 동갑내기 큰누님은 급기야 울기까지 하였다. 아들 같은 동생이 마약에 손을 댔으니 안타까움이 오죽했으랴. 한번 발을 들여놓으면 평생을 끊기가 쉽지가 않다고 하니 더더욱 흡연을 반대했다.

금연을 못하는 이유와 흡연을 하는 이유가 다이어트와 관련이 있다고 이야기한다. "담배를 끊고는 싶은데 살이 찔까 봐 못 끊겠다. 살이 빠진다고 해서 담배를 피운다."는 의견이다.

이에 반하여 나는 정반대의 경우로 흡연을 하면 안 되는 상태였다. 흡연 당시 몸무게가 54킬로그램이었다. 키가 176센티미터이니 어지간히 마른 체구였다.

군대에 입대하기 위하여 의무경찰에 지원하였을 때는 신체조건인 체중 55킬로그램에 미달되어 어려움을 겪기도 하였으니, 상당한 저체중 상태였음은 분명하다.

이러한 조건에서도 담배를 피우게 된 뚜렷한 이유는 없었다. 다만 80년대 초이니, 그 당시 사회적인 분위기가 가장 크게 영향을 주었을 것이다.

당시는 흡연자들의 천국이었다. 금연이라는 말이 굉장히 낯설던 시절이었다. 지금과는 반대로 모든 곳이 흡연구역이었고 금연구역으로 지정된 곳을 찾기가 어려울 정도였다.

집 안에서는 물론이거니와 버스, 지하철, 영화관, 강의실 등 모든 곳에서 담배를 피웠다. 다양한 모양의 재떨이가 눈 닿는 곳 어디나 놓여있었다.

지하철과 버스 안에 자욱하던 담배연기가 지금도 눈에 선하다. 하물며 갓난아기가 있는 방에서도 담배를 피우는 게 다반사였으니, 지금으로서는 상상이 안 간다. 말 그대로 흡연자의 천국이었다.

만남, 대화, 비즈니스의 시작이 담배를 꺼내는 것이었으니, 담배를 피우지 않는 사람은 외톨이가 될 수밖에 없었다. 담배를 피우지 않는 사람은 이방인이고 별종이었다. 더군다나 담배라도 끊게 되면 이건 완전한 외계인이 된다. 이러니 담배를 피운다는 것은 아주 자연스런 사회생활을 위한 필수 과정이었다.

그리 시작된 흡연은 10년 동안 이어졌다. 한동안 "식후연초 불로장생"이라는 말이 유행한 적이 있다. 식사 후에 피우는 담배의 맛이 유난히 좋다는 의미다. 담배를 끊었다가도 다시 피우게 되는 이유도 이 맛을 못 잊기 때문이란다.

이런 불로초가 정자생성에 영향을 준다는 연구결과가 있다. 금연이 건강한 아이를 위한 남자의 첫 번째 할 일임이 분명했다.

아이를 갖기 1년 전 금연을 했다. 12월 초부터 금연을 준비하다가 1월 첫날에 담배를 끊었다. 새해 첫날이 가지는 의미가 남달라서 그랬는지는 몰라도 금연은 그렇게 한 번에 성공했다. 벌써 28년 전의 일이다.

건강, 냄새, 환경, 경제 등 금연에서 오는 효과는 이외로 많이 있다. 이런 이유로 해마다 1월이면 금연을 하려는 사람이 상당하다.

요즘은 정부에서 금연 프로그램을 무상으로 지원한다. 금연은 니코틴 중독과 몸에 밴 습관 때문에 성공하기가 어렵다. 한순간의 흔들림이 금연을 수포로 돌려버린다. 이런 경우 다시 금연을 시작하기보다는 그대로 포기해 버리게 된다. 이처럼 중독과 몸에 밴 습관을 끊어내기란 여간 어려운 일이 아니다. 이런 때 외부의 강력한 충격으로 담배를 끊게 되기도 한다. 건강에 적신호가 켜지거나, 몸이 움직이지 못하게 되거나, 자의적 타의적으로 공간에 갇히게 되어 담배를 피우지 못하게 되는 경우이다. 이런 경우 금연한 것은 맞지만 그에 따른 대가를 치르게 된 것이니, 금연에서 오는 긍정적인 효과보다 부정적인 효과가 상대적으로 크다. 이런 경우는 금연의 의미가 반감된다.

인생에서 '내 마음과 자연마음'을 알게 된 것은 아주 큰 의미를 가진다. 종교적인 의미를 부여하자면 거듭남이고, 죄 사함이다.

담배 하나를 끊는 일로도 용기와 자신감을 얻어 새로운 희망을 노래할 수도 있다. 하물며 이것은 새 생명을 되찾아 새로운 세상에 우뚝 선 일이 아닌가?

'가슴 눈을 뜬 어른으로 살아갈 것인가? 아니면 두 눈을 부릅뜨고 시비분별의 고달픈 이분법의 세상을 살 것인가?

'내 나라의 주인으로 정정당당하게 살 것인가? 아니면 노예로 남아 빌어먹고 살 것인가?를 결정하는 갈림길에 서있다.'

'죽느냐? 사느냐? 선택의 기로에 서있다.'

'커밍아웃'해야 한다. '내 마음을 버리고 자연마음이 되었음을 선언'해야 한다. 내 나라의 주인이 되었음을 인정하고 알려야 한다. 그래야 진정한 주인 노릇을 하게 된다. 그렇지 않으면 너무 중독되어 평생을 바쳐 빌어먹었던 습관으로 '금연(?)'에 실패할 확률이 높다.

내 마음을 나로 알고 살았던 중독과 습관은 무섭다. 조금이라도 빈틈이 생기면 치고 들어온다. 타의에 의한 강제적인 금연에 대가를 치러야 하듯이, '자연마음으로의 커밍아웃'이 늦어지게 되면, 당연히 그에 대한 대가가 뒤따르게 됨을 명심해야 한다.

지금까지 살아온 것처럼 허상을 바탕으로 부정과 슬픔과 증오를 감내해야만 한다.

지금까지 살아온 그대로 나를 버리지 못하는 삶은, 나라고 하는 허상에 끌려다니며, 지금까지와 똑같은 삶을 답습하는 고통을 감내해야 하는 삶이다. 그 고통은 더하면 더했지 줄어들거나 약해지지는 않는다.

단단하게 커져버린 아집으로, 잃어버린 과거를 되찾겠다는 보상심리가 더해져, 점점 더 꼬여들기에 그렇다.

다행스럽게도 자신만 모를 뿐이지 '금연'의 기회는 매 순간 우리를 찾아온다. 자연의 삶은 언제나 매 순간 새로운 세상을 펼쳐준다.

이 세상은 과거도 없고 미래도 없다. 오로지 지금 여기에 그렇게 생동한다. 새로이 만난 나는 무척이나 생경하다. 문득문득 낯설게 느껴질 수도 있다. 평생을 가짜를 나로 알고 붙들고 살았기에 그렇다.

'새로운 나를 찾았다. 정말로 감사하지 않은가?'

'새로운 나를 믿지 않으면 누가 믿어주겠는가?'

믿고 보듬어야 한다. 소중하게 간직해야 함은 당연한 일이다.

순리로 충만한 자연마음은 있음, 행복, 긍정, 성공, 기쁨, 사랑, 생명의 아이콘이다.

아집으로 가득 찬 내 마음은 없음, 불행, 부정, 실패, 슬픔, 증오, 원수, 죽음의 아이콘이다.

내 마음은 지금 여기에 존재하지 않는다. 과거의 기억된 허상일 뿐이다.

내가 왔으니 성문을 열어달라는 꼬임에 단호하게 '나라는 존재'를 무시해야 한다. 여권발급을 금지하고, 무단으로 침입을 했으니, 체포해서 사형에 처하든지 강제로 추방을 시켜야 한다.

우리 모두는 달달함에 현혹되어 산다. 일체의 삶은 채움과 가짐으로 점철되어 있다. 이러한 얼룩짐을 당연한 진리로 받아들이며 산다.

우리는 단 한순간도 지금 여기를 떠나서 살았던 적이 없다. 매 순간 새롭게 펼쳐지는 새 세상을 살고 있다. 그럼에도 불구하고 불행, 부정, 실패, 슬픔, 증오, 원수에 중독되어 살고 있는 이유는, 단 한 가지이다. 중독된 허상을 진리라고 믿으며 습관을 고집하기에 그렇다.

'나'라는 생각은 고착화된 오랜 습관이다.

네 실수라는 지적질, 너 때문이라는 남 탓, 어떻게 해줬는데 네가 나에게라는 원망, 사사건건 참견하는 트집 등은 '나'가 있기에 저지르게 되는 고착화된 오랜 습관이다.

고착화된 오랜 습관은 원수를 부르고, 화를 부르고, 아픔을 부르고, 고통을 불러들인다. 고착화된 오랜 습관은 '나'라고 불린다. 죽음을 불사하고서라도 지키려고 한다.

지난날을 되돌려 보니

바둑에 한창 빠져있을 때는 천장이 바둑판으로 보이기도 한다. 천장을 반상으로 삼아 혼자서 바둑을 둔다. 치열했던 전투 장면을 펼쳐놓고 승패의 원인 규명이 시작된다. 내기 바둑을 지기라도 한 경우라면 혼자서 두는 천장 바둑은 꽤 길어지기도 한다.

끝마친 바둑을 처음부터 다시 놓아보는 것을 복기라고 한다. 복기는 실패를 교훈 삼아 동일한 실수를 반복하지 않기 위함이다.

바둑 한 판은 평균 400수를 두게 된다. 복기를 한다는 것은 바둑알이 놓였던 400개의 착지점을 기억해 내는 일이다. 바둑의 고수들은 복기를 어렵지 않게 하곤 한다.

오래전 두었던 바둑도 꼼꼼하게 재연한다. 그들이 그리할 수 있는 것은, 한 수 한 수에 깊은 의미를 부여하고 신중을 기해서 놓은 바둑알이라서 그렇다.

살아오면서 몇 수의 바둑알을 놓았는지, 몇 번의 변곡점을 지나서 온 것인지를 복기해 본다. 어머니의 삶처럼 수십 권의 대하소설은 아니어도, 몇 권의 책으로는 엮어질 만큼의 세월을 보냈다.

포근하게 다가오는 행복했던 기억보다 아픔으로 둘러쳐진 불행했던 기억이 더 많이 다가온다. 그러나 세밀하게 따져보면 불행했던 삶의 시간은 살아온 시간에서 차지하는 비중이 얼마 되지 않는다.

그렇다면 나머지 시간들은 행복한 시간이었다는 것을 뜻하는 것 아닌가? 그런데 왜 아픔을 먼저 떠올려 불행한 삶이었다고 결론을 내려고 하는 것일까? 그건 아마도 아픔과 아쉬움에 남다른 의미를 부여했기에 그러한가 보다.

아픔을 동반한 불행에는 상대가 존재한다. 나를 힘들고 아프게 한 원수 같은 인연이다. 의미를 부여하고 신중하게 둔 바둑알처럼, 상대방으로부터 받았던 상처와 아픔을, 격하게 분한 마음으로, 몇 번이고 곱씹었었기에 더더욱 생경하다.

살아온 날들을 복기하는 주체는, 나를 괴롭히고 아프게 하던 원수가 아니다. 기억하고 되씹는 당사자는 바로 나다.

복기를 하면서 퍼부은 저주와 원망으로 원수가 힘들어지거나 불행해지길 바랐다. 그러나 정작, 속상하고 괴로운 당사자는 바로 나였다.

인생의 복기를 통하여, 온몸을 경직시키고 단단하게 할 것인지, 아니면 긴장을 풀고 유연하게 할 것인지는 전적으로 나의 몫이 아닌가?

　단단하고 경직된 삶의 복기는 원수를 해치기보다 오히려 나를 해쳤다. 원수는 점점 커져서 이제는 괴물이 된다. '앞으로의 삶에서는 절대로 동일한 실패를 반복하지 않으리라.'라는 신념은 타인에 대한 높은 불신의 벽을 세웠다. 그 벽은 높고 높은 감옥의 벽이 되어 나를 고립시켰다.

　반면, 유연한 복기는 성숙한 어른의 길을 가도록 안내했다. 괴로움과 아픔의 기억이 나를 키우는 자양분으로 작용했다. 나를 힘들게 하는 조건이 감사하게 다가왔다.

　이러한 지혜를 알게 된 후로는 무슨 일을 또 올려 복기를 하게 될 때, 항상 선택의 기로에 선다. 연습이 부족하여 길을 잘못 들어서게도 되지만, 그래도 막다른 골목으로 가지는 않게 되었으니 다행이다.

　살면서 행복한 복기만을 한다면야 더할 나위 없이 좋겠지만, 아직은 남아있는 것들이 있으니 그리되기까지는 시간이 좀 더 필요하리라. 하지만 복기를 하더라도 긴장을 풀고 삶을 음미해 보는 시간으로 보낼 것이다.

　가끔씩 괴물로 변해 버린 원수가 불쑥 불쑥 튀어나오더라도 여유 있게 되치기도 하고, 엎어치기도 해보려 한다. 살아가는 신기술을 연마하는 선수의 심정으로.

"내 인생의 모든 게 골프에 담긴 것처럼 살았는데, 골프가 내 인생의 전부는 아니었다. 후배 선수들은 골프 이외의 내 삶에서 중요하고 필요한 게 뭔지도 생각하며 살아가길 바란다."

프로골퍼 박세리 선수가 인터뷰에서 한 말이다. '자신의 삶에 물음표를 던져보라.'는 진심 어린 충고이지 싶다.

돌이켜 보니, 나의 삶을 변화시킨 것도 물음표임이 분명하다.

나는 아버지 어머니의 등에 업혀있던 때부터 묻기를 좋아했다고 한다. 어머니의 추억담에서도 "어린애가 왜 그리 물어대는지 귀찮을 정도였다."로 표현된다.

기억에도 아버지를 향해 무던히 물어보던 모습이 아련하다. 나무, 벌레, 지명, 원리, 사람, 사연 등 끊임없이 물었던 것 같다.

지금이야 물음에 답해줄 책도 많고 인터넷으로 척척 답을 찾는 시대이니, 어른에게 물을 일이 그렇게 많지 않다. 그러나 당시에는 시골이니 서점이나 도서관도 없었고 컴퓨터도 없던 시절이다. 정보라야 일방적으로 전달받는 라디오가 전부였었다. 그렇게 두 분의 지식과 지혜는 나에게로 옮겨왔다. 지금 나의 밑받침의 상당부분은 어머니와 아버지의 덕이라고 봐도 무리는 아니다.

수년간 살아온 곳을 떠나 이사를 하게 되면 한동안 마음이 몸살을 앓게 된다. 하물며 죽음을 통한 이별은 더 말할 필요가 없다. 그 이별은 견디기가 어려운 통증을 안겨준다. 충격이 아주 클 경우에는 평생을 두고 병치레를 치르기도 한다.

나의 경우도 여러 차례의 아픔이 있었다. 이별의 아픔은 충격의 강도만 다를 뿐 매번 물음표를 남기곤 했다.

청소년기를 겪으며, 학교를 다니며, 군대생활을 하면서, 사회생활을 하면서, 부부로 살면서, 자식으로 살면서, 형제로 살면서, 친구와의 인연을 통해서, 돈으로, 자존심으로, 건강으로, 사랑 때문에, 충격적인 사건과 사고 등 삶의 답이 간절했던 순간이다.

바람을 느끼며, 비를 맞으며, 밤하늘의 별을 보며, 달과 태양을 통해, 바다를 보고, 꽃들을 보며, 농사일을 도우며, 사계절을 보내며, 자연에 기대어 살면서도 깨달음에 목말랐었다.

물음표를 가지고 답을 갈구하던 즈음, 지금까지 어떻게 살아왔는지를 되돌아보게 되었다. 살아온 시간 전체가 먹고사는 일에만 매달린 삶이었다. 삶의 목적도 안정되게 먹고살기 위해서 더 채우고 지키는 것이 전부였다. 그렇다면 앞으로의 시간도 이러한 범주를 벗어나기는 힘들지 않겠는가?

'이런 삶이 정녕 내가 태어난 이유일까?' 앞선 세대들의 삶이 무척이나 궁금해졌다. 책을 통해서 만나는 일에 집중했다. 기독교, 천주교, 불교, 기타 등 종교를 구분하지 않았다. 명상을 통한 마음 공부에 정진했다.

'마음을 공부한다는 것'의 구체적 의미가 확연하게 다가오지는 않았지만, 어느 정도는 이해의 폭을 줄히게 되었다.

'나를 구성하는 것이 몸과 마음이다. 마음이 몸을 지배하고 있다. 그러니 마음이다. 마음이 지식을 습득한다고 알아지는 것이 아니다. 그러니 여기서의 공부는 알음알이가 아니다. 이 공부는 정신을 차리는 것이고, 깨우치는 것이다.' 다시 말해 마음공부는 '마음을 깨닫는 것, 마음을 통하여 정신을 차리는 것'이었다.

'깨달아야 할 마음은 무엇이고, 정신을 차리게 하는 마음은 어떤 마음인가?'

아무리 내 마음을 대입시키려 해도, 주변의 모든 사람들을 대입시키려 해도 타당성이 없었다.

'어떤 마음이 대입되어야 타당성이 입증될까?'의 물음에 이르자, 한결 뚜렷하게 다가왔다.

완전무결한 마음, 순리의 마음, 사랑과 자비의 마음, 지혜의 마음, 자연스러운 마음을 대입하자 그대로 맞아들었다.

'아! 이 마음.'

'누구의 마음이 대입되어야 타당성이 입증될까?' 더욱더 확연하게 다가왔다.

하나님 마음, 부처님 마음, 예수님 마음, 석가모니 마음, 자연의 마음에 이르자 모든 것이 그대로 드러났다.

'그래! 진리의 마음.'

바둑의 고수가 되기 위해서 꼭 필요한 과정 중의 하나가 복기라고 한다. 바둑의 고수가 복기를 하듯이 자신의 삶을 되돌아보는 보는 것은 매우 중요한 의미를 가진다. 그중에서도 가장 큰 의미는 자신의 삶에 물음표를 가지는 것일 것이다.

물음표가 없는 삶은 답도 얻을 수 없는 것이 당연한 이치다. 답이 없으니, 살면 살수록 답답할 수밖에 없다. 삶이 없어 답답하거든 복기하고 물어야 하겠다. 물어야 답을 얻고, 행복한 삶을 살 수가 있다.

3

앉은 자리를 둘러보니

　수도권에서 벗어난 지방에 있는 회사에 입사를 결정했다. 조금
은 급하게 결정했던 부분이 없지는 않았지만, 그보다는 삶의 담금
질을 통하여 그간의 '나를 찾는 공부'를 점검해 보는 기회를 갖고자
했던 게 더 우선이었다.

　운영이 잘되는 기업의 모습은 장기근속자가 많고 인력운용이 안
정되어 있다. 관리책임자를 임명할 때에도 외부에서 영입하기보다
는 내부에서 키워진 인재가 배치된다. 신입사원의 채용도 정년퇴직
자가 있어서 그에 필요한 수만큼 충원이 되고 있다.

　이와 반대되는 현상이 일어나고 있는 회사는 정상적인 운영이
안 되고 있다고 봐야 한다. 특히나 3년 미만의 관리부문 책임자가
교체되는 경우에는 더욱더 그러하다.

　외부적인 상황을 제외하고 기업이 어려워지는 요인은 오너, 인

력, 품질, 기술, 시스템 등 여러 가지가 있다. 그중에서도 오너에 대한 리스크가 가장 크다. 시스템을 무시하고 감에 의존한 주먹구구식 경영에 익숙해진 오너의 습성은 기업운영을 어렵게 한다.

입사를 하게 된 곳은 반대되는 현상이 고스란히 담겨진 대표사례 같은 회사였다. 채권독촉 내용증명, 한전독촉장, 각양각색의 소송, 팽배해진 내부갈등, 불신과 불만, 갑이 되어버린 거래처, 맞지 않는 옷을 입고 있는 관리자들, 봉합되지 않은 지분구조, 열악한 재무상태, 낡은 시설물, 검증되지 않은 미수채권리스트, 쏟아져 나오는 클레임 등 응급실과 중환자실이 합쳐진 형국과 별반 다르지 않았다.

퇴사가 결정된 전임자로부터 업무인수를 받으며 들었던 생각이 '이런 상황에서 첫 달 급여는 제대로 받을 수 있으려나.'였었다. 열악한 상황을 어느 정도는 감지하고 시작한 것이었기에 별로 놀랍지는 않았다.

경력입사로 관리책임자의 자리에 앉게 되면 내부직원들의 업무협조를 이끌어내는 일이 가장 어렵다. 다들 '너라고 뭐 별반 다르겠나, 기존에 왔던 사람도 못 견디고 쫓겨났는데.'라는 인식들을 가지고 대한다. 이런 와중에서도 오너는 우려의 눈초리로 모니터링하고 있다. 실패한 전임자를 봐왔던 그 기준의 잣대를 가지고서.

자전거와 여객선을 타고 3년을 통학했던 고등학교 시절과 새로 시작하는 회사의 출퇴근길이 비슷했다.

학교는 고개를 넘고 저수지를 건너야 다닐 수 있는 곳에 있었다. 고갯길을 넘어야 하는 4킬로미터 정도의 거리는 자전거를 타야 했다.

고갯길이 가팔라서 오르막은 내려서 자전거를 끌고 가야 한다. 그러니 자전거를 탄다고는 하지만 반 정도는 자전거를 끌고 걸어야 하는 길이다.

바다 같은 저수지에는 하루 세 번 여객선이 다녔다. 여객선을 내려 학교까지는 걸어야 한다. 바람이 불어 파도가 심하게 치거나 결빙이 되는 한겨울에는 여객선이 운행을 못하니, 통학 길은 더 불편해진다. 지금이야 낭만으로 느껴지지만, 당시만 해도 통학하는 길은 무척이나 힘들었다.

이런 과정을 다시 하게 될 줄이야. 편도 100킬로미터의 거리와 교통체증으로 승용차보다는 안전, 시간, 비용 면에서 대중교통이 좀 더 나은 편이라서 출퇴근을 버스와 전철과 도보로 했다.

소나기가 그친 여름의 오후, 저수지에는 뭉게구름처럼 물안개가 피어오른다. 이런 날, 여객선을 타고 저수지 가운데를 지날 때면 신선이 된 것 같은 기분이 들었었다.

이 정도는 아니지만 전철을 이용한 출퇴근은 낭만이 있다. 서로 대화는 못하지만 여러 사람을 만날 수도 있고, 책을 읽는 시간을 갖게 한다. 휴대폰을 잡지만 않으면 명상을 하기에도 적당했다.

전철역에서 회사까지의 거리가 2킬로미터는 족히 되니, 비바람과 눈보라가 좀 불편하기는 했어도 운동 삼아서 걷기에는 적당했다.

길은 개발예정으로 논과 밭이 수풀을 이루고 있는 들판을 지난다. 들판엔 노루와 꿩이 산다. 운이 좋은 날은 이 녀석들과 조우도 한다.

산을 넘고 물을 건너는 등하굣길에서 아이는 혼자서 사춘기를 보내며 무르익었었다. 오가면서 만나는 저수지, 비바람, 눈보라, 산, 들, 물, 풀, 나무, 사람과 동물 등 모든 자연이 아이를 자라게 했다.

출퇴근길을 걸으며 고등학교 시절 통학했던 기억이 가장 많이 떠올랐다.

반백의 머리와 나이로 세상의 학교를 통학하고 있다는 생각을 하게 됐다. 몇 권의 책이 들어 있는 백팩을 메고 다녔으니, 더 그런 마음이 들었을지도 모른다.

걸어 들어가는 출근길은 나를 내려놓는 시간이었다. 회사의 살림을 총괄해야 하는 자리이다 보니, 챙겨야 할 것이 많다.

직원들뿐만이 아니라 협력업체와의 사이에서도 해결해야 할 난제들이 기다리고 있다. 어머니처럼 보살피고 감싸주며 업무를 처리해야 하는 위치다.

힘들다는 이유로 자칫 화를 내거나 짜증을 부리게 되는 경우에는 문제해결도 안 되고 일만 더 복잡하게 된다.

학교에 간다는 마음으로 출근을 했다. 회사는 나를 담금질시켜 어른으로 자라게 하는 학교라는 생각을 많이 했다. 학교를 다니면 학생이다. 담금질의 조건은 공부다.

화나게 하는 일, 짜증나게 하는 일, 자존심이 상하는 일, 분노가 치미는 일 등 담금질의 조건은 다양하다. 화를 내거나, 짜증을 부리거나, 자존심을 세우거나, 분을 삭이지 못하는 것은 학생의 본분을 망각하는 일이다.

'오늘은 출근해서 절대로 골을 부리지 말자.'를 매일 되뇌며 출근했다. 이렇게 출근을 하면 일하는 것이 신이 났다. 문제를 가지고 오는 직원들을 반겨줄 수가 있었다. 어떤 문제가 나를 필요로 할지 은근히 기대도 하였다.

같이 문제를 해결하고 나면 직원들과의 신뢰가 형성되었다. 직원들과 하나가 되었다. 회사 내의 사소한 정보까지도 전달되어 왔다. 정보는 문제가 발생되기 전에 대처를 할 수 있는 여유를 갖게 하였다. 회사는 하루가 다르게 안정을 찾아갔다.

퇴근할 때는 저녁노을을 바라보며 하루 일과를 복기했다. 골을 부린 일이 있으면 반성하고, 더 나은 내일을 다짐했다. 힘들고 지쳐서 한두 번 멈추고 싶은 마음이 들기도 하였지만, 그때마다 생각을 달리했다.

'이곳보다 더 좋은 학교는 없다. 나를 괴롭히는 모든 일상에 감사하자.'

살랑거리며 부는 바람이 노을빛으로 발갛게 물든 얼굴을 문지른다. 멀리서 풀을 뜯고 있는 노루가 발자국 소리에 놀라 숲으로 몸을 숨긴다. 이런 날은 아무런 생각 없이 편안했다. 마냥 행복하기만 했다.

학교를 다니면 수업료를 내야 하는데 회사는 매월 월급을 주었다. 골을 부리지 않고 잘 참았다고 주는 장학금이다.

만 4년을 근무하고 학교⑺를 졸업했다. 그동안 대학원을 졸업하여 상담심리학 석사학위를 받았고, 직장인과 근로자를 대상으로 하는 심리상담사인 산업카운슬러 1급 자격증도 취득하였다. 얻은 게 참 많은 시간이었지 싶다.

근무했던 회사는 마음공부를 위한 최적의 장소였기에 다시금 나를 내려놓게 하였고, 세상과 삶터가 그대로 배움의 터전임을 일깨워 주었다.

학교를 다니는 목적은 세상을 깨닫는 일인지도 모르겠다. 이곳에서 가르치는 교과목은 나를 향해 달려드는 일상의 조건들이다.

모범적인 배움의 자세는 조건을 기쁜 마음으로 받아들이는 모습이다. 조건에 괴로워하거나 거부하는 것은 학생의 자세라 할 수 없다.

깨달음을 향한 학생의 자세는 감사함이다. 그러니 일상에서 벌어지는 모든 일에 감사해야 할 일이다.

삶의 마지막에

우리의 삶의 목적은 행복이다. 지금 여기에서 행복하지 않다면 멈추고 바라보고 내려놓아야 한다.

우리는 지금 삶이라고 하는 이름의 패키지여행을 하고 있다. 나라고 하는 몸뚱이를 마음이라고 하는 실체도 없는 가이드가 안내 중이다. 이제는 따지고 물어야 한다. 그렇지 않으면 중간지점 어느 곳에서는 포기하거나 좌절할 것이다. 아니면 삶의 종착지인 죽음 앞에서 심한 상실감으로 몸부림을 치게 된다.

트리나 폴러스가 쓴 『꽃들에게 희망을Hope for the Flowers』에서 보면 삶의 물음표를 던진 애벌레만이 나비가 되어 하늘을 난다.

물음표는 삶의 목적을 설정하게 한다. 모든 애벌레들을 따라서 무턱대고 기둥을 기어오르던 애벌레는 '내가 왜 이 기둥을 오르고 있는 거지?'라는 물음표를 던졌기에 최종 목적지인 나비가 될 수 있었다.

우리 모두는 죽음 앞에 다다르게 된다. 그때 내가 마지막까지 가질 수 있는 것은 무엇일까? 지금 내가 잡으려 하고, 지키려 하는 것들이 나와 함께할 수가 있을까? 나비가 되는 것처럼 내가 추구해야 하는 것은 무엇인가?

서울에 유학 온, 자연을 닮은 아이를 고모와 고모부는 수년간 거두고 보살펴 주셨다. 또 다른 엄마와 아빠다. 졸업을 하고 취업을 하면 은혜를 갚을 수 있으리란 다짐을 하였었다.

결혼도 해야 했다. 딸아이가 태어났다. 집도 장만을 해야 했다. 남보다 뒤처지지 않으려는 몸부림은 점점 더 여유를 허락하지 않았다.

다짐이 다짐만으로 현실화되는 즈음, 그 아빠가 돌아가셨다. 아빠는 일찍 경제활동을 접으셨지만, 딱히 목적은 없는 노후를 보내셨지 싶다. 텔레비전과 신문을 친구 삼고, 당뇨와 고혈압은 양념처럼 함께 데리고 사셨던 분이다.

초등학교만을 마쳤을 뿐인 고모는 방송통신대학도 다녔다. 일본어를 독학하여 88올림픽 당시 자원봉사 활동도 했다. 80세 이후엔 3권의 시집을 출간하여 시인으로도 활동 중이다.

고모부와의 이별 후 고모가 달라졌다. "사는 거 별거 아니다. 고모부가 부럽다. 나도 힘들게 하지 않고 죽었으면 좋겠다."는 말씀을 수시로 한다.

여쭈어봤다. "삶의 목적이 있으신가요? 그 목적은 이루었나요? 세상의 삶에 대한 답이 있나요?" 없다고 했다. 모른다고 했다. 이제는 희망이 없단다.

이렇게 노력을 게을리하지 않고 자기계발을 하며 사시는 분도 막다른 골목에선 헤맨다. 하물며 먹고사는 일에 매진했던 사람들은 오죽하랴. 등산, 걷기, 마라톤 등 건강한 몸을 유지하는 일에나 의지할 수밖에 마땅하게 할 일이 없다. 방구석 귀신이 된다고들 한다.

다행히 경제적인 여유가 있을 경우 의지할 구석이라도 있지만, 이마저도 이리저리 떼어주고 남은 것이 없는 경우엔 더 힘들어진다. 이러니 노후를 위해서 악착같이 돈에 매달리게 되는 것인지도 모른다.

목표는 목적을 달성하기 위한 과정과 수단이다. 결코 목표가 목적이 될 수는 없다. 자신의 삶에 뚜렷한 목적을 세우고 살지 않았다는 것은 무엇을 의미하는 것인가? 이는 목적지를 정하지 않고 항구를 출발한 배가 망망대해에서 풍랑을 만나 헤매고 있는 모습과 다르지 않다.

학교를 들어가거나 졸업을 하는 것, 직장이나 직업을 갖는 것, 결혼을 하는 것, 자식을 낳고 키우는 것, 자식들이 똑같은 전철을 밟되 좀 더 나아지는 것, 돈을 많이 버는 것, 높은 지위를 얻는 것 등이 목표였다.

목적은 처음부터 존재하지를 않았다. 오로지 이것에만 매달려 살았으니 막다른 골목을 마주할 수밖에 없다.

아버지와의 이별은 길지가 않았다. 폐암이 뇌로 전이되었다는 판정을 받고 두 달을 호스피스 병원에 머물다가 떠나셨다. 둘째 형님 내외와 내가 번갈아 가면서 24시간 아버지 곁을 지켰다. 같은 병실은 물론 같은 층에 머물던 환자들이 떠나는 것을 수없이 지켜봤었다.

성질을 부리며 주변사람을 괴롭히며 떠나는 사람, 괴성을 지르는 사람, 아픔으로 신음소리를 심하게 내는 사람, 떠남이 아쉬워 남편을 부둥켜안고 생을 마치던 아내, 가족이 멀리 있어 혼자서 마감을 하던 사람, 가족들의 다툼 속에서 떠나던 사람, 생을 마치던 순간까지도 담배를 찾던 사람 등 생의 마지막은 아쉬움과 쓸쓸함이 묻어있었다.

혼자서 떠나셨던 분이 임종을 하였을 때 고인을 장례식장으로 옮기는 것을 도왔는데 누워있던 침대 위에 따스한 온기가 남아있었다. 죽음이 남긴 온기를 느껴본 기분은 참으로 묘했었다.

누구나가 서게 되는 생의 마지막을 지켜본 시간은, 삶의 의미를 되새기게 하는 계기가 되었다.

'이들에게 있어 삶의 진정한 의미는 무엇이었을까? 살아온 목적은 무엇이고, 이곳에 서는 것이 계획에 있었을까? 되돌려서 삶을 다

시 시작하게 된다면 어떻게 살까? 마지막에서 후회되는 것들은 무엇이었을까? 죽음의 의미는 무엇인가?'

아버지가 남기신 마지막 선물이었지 싶다. 소중한 선물이기에 가슴에 고이 담았다.

고모는 누구보다도 열심히 사신 분이다. 어느 누구보다도 생각이 많았다. 자신이 세운 목표를 어느 정도는 달성했다고 봐야 한다. 이런 분도 해로하던 남편이 떠나자마자 망망대해를 만났다.

목적이 없는 삶을 살았다는 방증이다. 고모에게서 희망이라고는 없는 듯했다. 몸도 마음도 쇠약해져 사회에서 이제는 자신의 역할이 더는 없다는 결론을 내린 상태로 보였다. 이런 고모에게 필요한 것은 무엇일까?

지금의 상태는 몸이 쇠약해지자, 마음이 이를 인정하고 체념을 해버린 상태다. 이런 경우는 나이나 몸에 국한되지 않는다. 돈, 명예, 사랑, 인연, 자존심 등 나의 모든 것이라고 집착하던 것을 놓치거나 실망하게 될 때도 마찬가지 상태가 되어 괴로워한다.

이것은 유한한 것으로 목적을 삼아서 그렇다. 언젠가는 막다른 골목에 다다르게 되어있는 것들인 자신의 몸, 마음과 돈, 명예, 사랑, 인연을 삶의 목적으로 삼았으니 당연한 결과다.

삶의 목적은 영원하고 변하지 않아야 한다는 명제에 부합되어야 한다. 내가 집착하는 그 어떤 것도 부합되는 것은 없다. 하루에도 오만 번은 더 변하는 마음을 부여잡고 있기에 그러하다.

자연에도 몸과 마음이 있다. 자연의 몸은 무한대의 우주허공과 우리에게 보이는 모든 생명체들이다. 자연의 마음은 지혜와 순리다. 자연의 생명체들은 순간순간 에너지의 흐름에 따라 변화를 한다. 반면 자연의 마음만은 언제나 변함이 없다. 변함없이 평등하고 자애롭다. 삶과 죽음이 없다. 지금 여기에 있다. 영원이 살아있다. 사랑과 행복 자체다.

'우리의 삶의 목적은 자연마음으로 돌아가 영원히 행복하게 사는 것이다.'

벼룩이 콧구멍 같은 마음으로는, 하루에도 오만 번은 더 변하는 마음을 부여잡고는 행복할 수가 없다.

가장 크고 넓은, 영원히 살아있는 자연의 마음만이 진리의 명제에 부합한다. 죽 끓는 마음을 버리고 지혜와 순리로 돌아가야 한다. 이것이 정신을 차리는 일이고, 이것이 깨달음에 다다르는 일이다.

누구나 다 '나'라고 부여잡고 있던 몸이 생명을 다하는 순간을 맞는다. 뒤돌아 갈 수가 없는 막다른 골목과 마주하게 된다. 내 마음으로 살았기에 그러하다.

자연의 마음은 여여如如하다. 영원이 살아있는 마음이라서 홀가분하게 내어줄 수가 있다. 이 마음엔 막다른 골목이 있을 수 없다.

"자연의 마음으로 사는 것, 나의 모든 것을 바쳐 이루어야 할 내 삶의 목적으로 삼을 만한 일이다."는 걸 고모에게 말씀드렸다. 망설이지 말고 함께 노력해 보자고 했다.

생을 끝마치고 싶은 생각밖에 없는 상태가 최고의 기회가 아닌가? '나'에 대한 미련이 없다는 것은 자존심, 인연, 돈, 명예, 사랑, 건강에 집착하지 않음이다. 내 마음이라고 하는 이것들을 내려놓을 수 있는 더없이 좋은 기회다.

살아야 할 분명한 목적이 있다는 것, 산다는 것의 명분이 있다는 것은 새로운 희망과 행복을 갖게 한다. 목적이 있는 삶은, 그것도 세상에서 가장 높고 큰 목적을 품는 일은, 지금껏 맛보지 못한 삶의 회열을 느끼게 할 수가 있다.

5

어른과 어르신

어른을 생각할 때마다 왜 매번 그 장면이 떠오르는지 모르겠다.

대문간에 새 자전거가 받쳐져 있었다. 올라타서 페달을 돌리며 놀던 상수가 갑자기 자전거와 함께 넘어졌다.

"상수야, 다치지 않았어? 괜찮아?"

은숙이 누나가 달려 나가 상수를 일으키며 던진 말이다. 일어나서 상수는 말했다.

"난 자전거를 넘어뜨려 핀잔을 들을 줄 알았는데, 누나는 나를 먼저 걱정해 주네. 누나는 천사야!"

누나는 말했다.

"무슨 소리야. 사람이 먼저지. 안 다쳤으니 다행이다."

은숙이 누나는 나보다 두세 살 정도 위다. 내가 초등학교 저학년이었으니, 누나도 초등학생이었지 싶다.

지금 생각하면 아이의 입에서 나올 수 있는 말은 아니었다. 자전거가 넘어지면서 바로 튀어 나온 말이니, 만들거나 지어낸 말이 아니다. 그러니 이 말은 누나의 내면을 고스란히 담은 진심 어린 말이었다.

상수와 나는 동갑내기 친구다. 그 애는 동네에서 알아주는 말썽꾸러기였다. 그 애는 Y자 모양의 나뭇가지와 고무줄로 새총을 만들었다. 이것을 가지고 놀다가 남의 집 장독대를 깨뜨리기도 하였고, 담벼락에 열린 호박을 발로 차서 흠집 내기도 했다.

어느 때는 다람쥐를 잡는다고 바위 밑에 뚫려 있는 구멍에 손을 집어넣었다가 독사한테 물리기도 했다. 여자애들이 고무줄놀이를 하고 있으면 달려들어 마구 끊어놓는 선수였다. 여자애들은 고무줄놀이를 하다가도 멀리서 상수가 나타나기만 해도 놀이를 중단했을 정도다.

공부에는 관심이 없었으나 운동신경이 유난히 좋아서 달리기, 축구, 씨름 등을 하면 항상 선두에 섰다. 상수는 구슬치기와 딱지치기도 잘했다. 주머니는 언제나 구슬과 딱지가 가득 차있었다.

아이들은 물론 어른들도 말썽만 피우는 아이라는 전제를 가지고 상수를 대했다. '쟤가 오늘은 무슨 일을 저지르지나 않을까?' 하는 의심의 눈길로 바라봤다.

이런 상수의 입에서 나온 "누나는 천사야."라는 반응은 의외였다. 이 말은 말썽쟁이 입에서 뱉어질 표현이 아니다.

자전거가 망가지게 된 걸 혼내주기보다 자기를 먼저 챙겨줬다는 것에 감동을 받은 얼굴이었다.

상수는 태어나서 한 번도 이런 대접을 받아본 적이 없는 아이였다. 특히나 어른들은 상수 하면 진저리를 칠 정도였다. 동네에 불미스러운 일이 생기면 제일 먼저 상수를 떠올렸다.

언제나 말썽쟁이로 눈치를 받기만 하는 아이, 아무 생각 없이 사는 아이, 구제불능의 아이인 줄로만 알았다. 이런 아이가 보인 반응이다.

나도 남들과 다르지 않게 상수를 부정적으로 대했었다. 같이하는 것이 부담스러워 피했고, 나와는 다른 아이라고 규정하고 있었다.

상수도 나와 다르지 않은 아이였다는 걸 알게 되었다. 아이는 정에 굶주려 있었다. 다른 사람들과 달리 은숙이 누나는 자기를 먼저 챙겨줬다. 그런 누나의 한마디 말이 아이를 감격하게 했던 것이다.

상대를 천사라고 표현할 줄 아는 심성이 깊은 아이라는 걸 알았다. 상수에게 미안했다. 오해하고 있었던 내가 창피했다. 그러나 지금껏 상수에게 미안하다는 말을 직접적으로 하지는 못했다.

다만, 일이 있고부터는 상수가 사람들로부터 혼이 나거나 눈치를 받을 때면, 그 애는 그런 애가 아니라는 말이 입안으로 맴돌곤 했을 뿐이다. 나서서 적극적으로 대변하거나 옹호해 주지는 못했다. 나의 소심함으로.

어린 눈에 비친 은숙이 누나는 어린애가 아니었다. 그 일이 있고 부터 나에게 은숙이 누나는 어른이었다. 아니 천사였다.

당시 자전거는 값이 꽤 나가는 자산이었다. 자전거를 타고 밖에 나갔다 온 날이면 먼지도 털고 기름칠도 해서 비가 맞지 않는 곳에 잘 보관하였다. 버스가 없던 시절이니, 읍내로 통학을 하거나 일을 보러 갈 때는 없어서는 안 될 중요한 운송수단이었다. 그것도 새 자전거는 더욱더 애지중지하는 게 당연했다. 말썽쟁이 입장에서도 자전거가 넘어져 고장이라도 나면 여간 낭패가 아니다. 그걸 알고 있었기에 상수는 크게 당황했을 수밖에 없었다.

상수는 어린아이다. 넘어져서 아프면서도 차마 내색을 하지도 못했다. 그런데 자전거보다 자기를 먼저 챙겨주는 천사의 목소리를 들었으니, 그 감동이야 이루 말할 수 없었으리라. 어린 날의 이 경험은 살면서 문득문득 나를 가르치는 귀중한 지침이 되었다.

어린 시절 시골에서는 어른이라는 말이 흔했다. 연세가 어느 정도 되면 대개는 어른대접을 했다. 어른으로서 기득권이 보장되던 시절이다. 그래서 그런지는 몰라도 어른들도 언행을 매우 진중하게 했다. 젊은이들도 거친 행동을 하다가도 어른들이 보이면 하던 행동을 멈추고 예의를 표했다. 그러면 어른들은 보고도 못 본 척 헛기침을 하며 지나갔다. 어른들은 이렇게 침묵으로 우리를 이끌어주었었다.

요즘은 어른이라는 말들을 잘 쓰지 않는다. 대개는 아저씨, 아주머니, 노인, 할아버지, 할머니로 부른다.

얼마 전 일이다. 더위를 피하려고 나무로 된 벤치에 앉았는데 자꾸만 개미가 몸에 달라붙었다. 일어나서 살펴보니, 장마철이라서 그랬는지 벤치의 썩은 부분에 개미집이 있었다. 하는 수 없이 그늘이 덜한 옆쪽의 벤치로 자리를 옮겨 앉았다.

잠시 후 할머니 한 분이 개미집 벤치에 앉으셨다. 상황을 알려 드려야 할 것 같아 다가갔다. "어르신, 어르신, 어르신." 수차례 불러도 대꾸가 없으셨다. "할머니." 하고 부르자 바로 쳐다보신다. 말씀을 드리니 일어나서 가던 길을 가셨다.

이 모습을 지켜보던 옆자리의 할머니가 언성을 높이신다. 왜 할머니라고 부르느냐는 거다. 노인들에게 할머니라고 부르면 늙은이 취급받는 것 같아 기분이 상한단다.

처음에 어르신이라고 했는데 못 알아들으셔서 어쩔 수 없이 그리했다고 해도 막무가내로 혼을 내신다. 여러 번의 사과를 하고서야 간신히 풀려났다.

정작 당사자는 아무 말이 없는데……. 난감하고 황당했다. 나이를 먹은 연장자라는 지위를 가지고 막무가내로 자기의 기분을 풀었다. 어느 자리에선가 어른 대접을 못 받고 늙은이 취급만을 받았던 노여움이 있었던 모양이다. 그러니 남의 상황을 자기 것인 양 감정이 격해져서 분개하니 말이다.

사과를 하고 노여움을 가라앉히게는 했지만, 정작 호되게 당한 입장에서는 무척이나 당황스러웠던 기억이다.

지금까지 내가 생각하고 있었던, 아니 보아왔던 어른의 모습은 아니었다. 아무런 일면식도 없는 사람에게 들이대는 모습은 그다지 좋아 보이지 않았다.

이럴 때면 어린 날 간직했던 그 '어른'의 모습이 그리워졌다. 어떻게들 살고 있는지, 나이 먹은 그들의 모습이 궁금하다. 시간을 내어 한번 찾아봐야겠다. 분명, '어르신'으로 행복하게 살고 있을 것 같다.

6

시간을 물리치다

'내일'에 대한 재미난 추억이 있다.

나와 다섯 살 터울인 작은 형님과 있었던 이야기다. 형님은 어린 나를 골탕 먹여놓고, 내가 화가 나서 씩씩대는 것을 즐겼었다.

하루는 내가 아껴가며 먹고 있던 옥수수를 빼앗아 먹을 욕심으로 제안을 했다. 옥수수를 주면 내가 배우고 싶어 하던 장기를 '내일' 가르쳐 준다는 것이다.

형님은 나와 장기 두는 것을 싫어했다. 내가 초보라서 재미도 없고, 하수와 장기를 두게 되면 실력이 줄어들어, 친구들한테 밀린다는 이유에서였다.

장기를 배울 욕심에 "내일 꼭 약속을 지켜야 한다."는 다짐을 받은 후에 옥수수를 넘겨줬다.

다음날 형님이 학교에서 돌아오기만을 손꼽아 기다렸다. 형님이 학교를 마치고 집엘 왔다. 장기판을 챙겨 가지고 나와서 형을 졸랐다. 그런데 형님은 약속은 뒷전이고 친구들과 놀러 나간다는 것이다.

"약속을 지켜라. 옥수수도 먹었지 않느냐. 오늘 장기를 같이 둔다고 했으니 빨리 장기를 같이 둬야 한다." 나는 울면서 매달렸다.

"나는 내일이라고 했지, 오늘이라고는 안 했다. 그러니 내일 해줄게." 형님은 웃으면서 말했다.

'내일'이란다. 내일 가면 또 내일이 아닌가? 내일, 내일, 내일······.

초등학교에 들어가기 전의 일이었으니, 어린 나이에 도저히 이해가 되질 않았다. 저녁 밥상 앞에서 형님의 만행을 식구들에게 낱낱이 고자질했다. 모두들 웃기만 하고 나의 편을 들어주는 사람은 하나도 없었다. 시간에 대한 오류를 뼈아프게(?) 배운 어린 날의 '내일에 대한 추억'이다.

시간은 과학문명을 발전시키는 데 결정적인 역할을 했다. 반대로 시간은 인간을 그 속에 가두어 종속되게 하였다.

시간은 과밀화된 인구가 살아가는 데 있어 중요하다. 시간이 있었기에 정확한 약속이 가능했고, 이를 지켰다. 시간이 있었기에 지금과 같이 많은 인구가 지구에서의 공존이 가능했다.

만약 시간이 없었다면 '내일에 대한 추억'과 같은 다툼으로 인간은 더 일찍 멸망을 했을지도 모른다. 다행히 시간은 체계적인 발전을 거듭하였고, 그 시간의 역할이 지금과 같은 세상을 가능하게 했다.

시간을 기준하여 산출된 데이터는 사람의 활동범위를 지구를 넘어 대기권 밖으로까지 넓혔다. 시간이 없었다면 자동차, 선박, 비행기, 우주선, 인공위성 등 이동수단의 개발과 운행은 제한적일 수밖에 없었다.

운송수단과 통신의 발달은 지구촌 시대를 가능하게 하였고, 달에 인간의 발자국을 남기게도 하였다. 그러나 한편으로는 자연과의 교감을 급격하게 단절시키는 결과를 가져오게도 하였다.

어느덧 인간의 탐욕은 그 한계를 넘어섰다. 자연을 극복하고자 하는 불굴의 의지가 지나쳐 제어가 힘든 상황을 초래하고 있다.

다행스럽게도 위기를 감지한 학자들이 있었다. 지구촌의 사건사고와 환경적인 부분을 반영하여 지구 종말시계, 지구 환경시계라는 걸 만들었다. 극단적인 재앙으로부터 지구를 지켜야 한다는 절박함이 반영된 노력이다.

하여튼 인간이 만들어낸 시간이 인간을 이롭게 하고 있는지, 아니면 파멸로 이르게 하고 있는지는 두고 볼 일이다.

어떻게 보면 시간은 물질적인 측면보다도 정신적인 것에서 인간에게 더 많은 영향력을 행사하고 있는지도 모른다.

시간이 만들어지고, 시간 속에 종속되어진 인간은, 그 즉시 영속성을 상실했다.

태초에 인간은 영원성을 부여받은 존재로 태어났다. 인간에게 부여된 세상은 과거 현재 미래로 구분되어진 세상이 아니었다.

시간의 개념이 없다면, 세상은 모든 것들은 지금 이 순간에만 존재한다.

과거와 미래에는 머물 수가 없다. 왜냐하면 세상에 존재하지 않기 때문이다.

'순간과 영원'은 다른 말이 아니다. 같은 뜻을 지닌 동일한 진실성을 표현하고 있다.

순간은 나타나고 사라지는 존재가 아니다. 언제나 여기에 그대로 존재한다. 그러니 순간과 영원을 구분하는 일은 어리석은 일이다.

어떻게 보면 선악과를 따먹은 원죄는 이를 의미하는지도 모른다.

영생을 보장받고도 유한한 삶을 고집하는 것, 지금 여기에 살아있지 못하고 과거와 미래에 갇혀있는 것, 행복한 삶 속에 있으면서 행복을 찾아 헤매고 있는 것 등을 보면 그렇다.

자연으로 살아가는 몇몇 소수인종은 나이를 먹는다는 것에 의미를 두지 않는다고 한다. 40세까지만 헤아리고는 더 이상 나이를 세지를 않는단다. 이후의 삶은 덤으로 받아들이고 산다.

이들의 삶에는 자기를 지키려는 아집이나 욕심이 있을 수가 없다. 그저 자연과 더불어 덤덤하게 산다. 아침에 일어나면 주어지는 삶이기에 매 순간을 감사하고 소중하게 여긴다. 매일 매일을 행복하고 활기차게 활동한다.

일 년을 시작하면서 새해를 맞이한다고도 하고, 한 살을 더 먹었다고도 한다. 연말이 되면 지는 해를 바라보며 아쉬움을 달랜다. 한 달, 하루, 한 시간 등도 느끼는 강도만 다를 뿐이지 같은 생각을 가지고 있다.

우리는 이런 관념적인 일상에 거부감 없이 살아왔다. 그러나 우리의 삶에 첫날과 마지막 날이라고 구분 짓는 것은 어리석은 일이다.

인간의 태어남은 우리가 사용하는 물건들처럼 사용연한이 부여되지 않았다. 단 일 초도, 일 분도, 한 시간도, 하루도, 한 달도, 일 년도 보장되어 있지가 않다. 그저 순간만이 주어졌을 뿐이다.

사람은 몸과 마음으로 이루어졌다. 사람의 주체는 몸이 아니라 마음이다. 인간의 마음이 시간을 만들었다. 그 후 인간은 시간에 종속되어 사는 것을 당연한 것으로 받아들였다.

태양계 밖으로 나가면 인간의 시간은 의미를 상실한다. 우주는 영원성으로 움직인다. 인간이 마음만 바꾸어 먹으면 영원성을 회복할 수가 있다. '영원성의 회복'은 자연의 마음으로 돌아가는 것이다.

자연의 시간은 매 순간의 연속이다. 매 순간만이 존재한다. 순간은 끝없이 이어진다. 순간이 영원이기에 그러하다.

인간이 태어난 순간에는 영원한 자연의 마음이 부여되었다. 사람은 성장하면서 서서히 나라는 마음이 자리를 잡는다. 그 나라는 마음으로 영원성은 점점 자리를 잃게 된다. 그러면서 나라는 마음의 유한성은 일정시간을 부여받았다는 착각에 빠진다.

80년, 100년을 보장받았다는 생각을 갖게 된다. 보장된 시간을 살아내야 한다는 생각으로 강박증적인 삶을 산다. 그 시간 이상의 시간을 더 가져보려는 집착증도 보인다.

이 결과 어느 시기를 위하여 앞부분은 희생을 해도 된다는, 행복한 시간을 맞이하기 위해서는 준비해야 하는 훈련의 시간이 필요하다는, 이런 모든 것을 위해서는 잠시 불행을 감수해도 된다는 오류를 답습하고 있다.

그러나 안타깝게도 이런 인간의 마음에는 보장된 시간이 주어지질 않는다. 인간의 마음에는 순간 속에 감추어진 영원함이 보이지 않는다.

'우리의 삶에 있어 하나도 버려질 시간은 없다. 연습의 시간도, 희생의 시간도, 행복을 위해서 불행을 감내해야 할 시간이 있을 수도 없다.'

세상을 담는 그릇

처음 명상을 시작하고 얼마 지나지 않았을 때였다. 어린 시절 옹졸한 마음으로 실수를 했던 기억이 떠올라 한참을 울었다.

당시에는 다들 가정형편이 그리 넉넉하지를 못했다. 아이들은 많고, 바쁜 농사일에 매달려 살아야 하니, 요즘 젊은 부부들처럼 아이들을 보살핀다는 것은 상상하기 힘든 일이다.

그중에서도 자기 땅이 없어 소작농을 하거나, 농사를 지을 땅이 부족한 부부들은, 어쩔 수 없이 남의 농사를 많이 거들어 줄 수밖에 없었다. 그러니 그런 집의 아이들은 부모들의 손길이 덜 미칠 수밖에 없었던 터라 항상 더럽게 하고 다녔다. 코를 흘리는 것은 기본이고, 떡이 진 머리에, 세수는 언제 했는지 손과 얼굴엔 때가 얼룩져 있었다.

한 깔끔하던 나는 그런 아이들을 업신여겼었다. 세심하게 챙겨

주던 부모님과 누나와 형들 덕분에 그나마 나았던 모습을, 나는 우월적 지위로 이용했었다.

명상을 통하여 내 마음속에 자리하고 있던 옹졸함이 비워지자, 비로소 내가 저질렀던 말과 행동이 그대로 드러나 보였다. 얼마나 미안하고 부끄러웠는지 모른다.

'친구야! 옹졸한 마음으로 너에게 상처를 주었음을 진심으로 사과한다. 미안하다, 친구야! 정말 미안하다, 친구야!'

직접 만나서 당사자들에게 용서를 구하지는 못했지만 진심으로 사과를 하고 용서를 빌었다.

이 깨달음은 내 자신이 어른의 길을 가야겠다고 마음을 바꿔먹게 된 계기가 되었다.

대기만성이니, 그릇이 큰 사람, 그릇이 작은 사람 등의 표현들을 한다.

사람의 됨됨이를 그릇의 크기로 비유한 말들이다. 됨됨이는 마음의 씀씀이를 이르는 말이고, 이를 다른 말로 하면 아량이라고 한다.

지금 생각해 보면 친구를 업신여겼던 옹졸한 마음은 아량이라곤 눈곱만큼도 없는 상태였지 싶다. 그러니 그릇이라고 부를 만한 것이 있었을 턱이 없다.

들과 산을 내달리며, 골목골목을 누비며 뛰놀던 어린 시절은 그릇이 빚어지는 시기이다. 아이들은 보고, 듣고, 만지며 경험한 것들을 모델 삼아 나만의 고유한 그릇을 만들게 된다. 이때 가장 많은 영향을 미치는 요인은 말할 것도 없이 자신이 마주하게 되는 어른들의 모습이다. 가장 가까이하게 되는 어머니, 아버지, 선생님이 되겠고, 세상에서 만나게 되는 어른들이 롤 모델이 된다.

새로이 각료를 발탁하는 인사청문회 문제로 온 나라가 시끄럽다. 각종 매체를 통한 각 후보자에 대한 비위非違 사실 폭로전이 연일 계속되고 있다.

어른의 모습으로 여야가 힘을 모아 적합한 인재를 찾아내는 모양은 눈을 씻고 찾아봐도 안 보인다. 제대로 된 공복을 골라 자리에 앉히는 일이 쉽지만은 않은 모양이다.

근래 들어 회사에서 인재를 채용하는 과정에도 다양한 방법이 동원된다. 개별면접, 집단면접, 술자리 면접, 개별미션 수행, 집단미션 수행 등.

이러한 과정을 수행하다 보면 자연스럽게 그 사람의 그릇의 크기와 형태가 드러난다. 그릇의 크기도 중요하지만 그릇의 상태는 더욱더 중요하다. 깨지거나 금이 가서 새는 그릇은 쓸모가 없기에 잘 살펴야 한다.

일개 회사에서도 이럴진대, 나라를 이끌어 갈 어른을 모시는 행태들이 왠지 모르게 미덥지가 않아 보인다. 한편으로는 그릇을 만드는 아이들에게 어떤 모습으로 비춰질지 심히 걱정스럽기도 하고.

'자연의 마음'이 자리 잡기 전, '내 마음' 속에는 예쁜 정원이 자리하고 있었기에 틈만 나면 천천히 걸으며 골목 투어를 했다.

습관처럼 단독주택이 있는 골목을 배회했다. 대개는 높은 담벼락에 가려 자세히 볼 수는 없었다. 본다고 해봐야 대문의 틈 사이로 보이는 것뿐이고, 언덕에서 내려다보이는 집인 경우에야 집 안을 좀 볼 수가 있었다.

크고 넓게 잘 가꾸어진 집일수록 방범시설물이 촘촘하게 자리를 잡고 있다. 높은 담장 위의 섬뜩한 유리조각, 육중한 대문을 장식한 뾰족한 쇠꼬챙이, 무수히 돌고 있는 감시용 카메라, 창문에 내려쳐진 쇠창살, 컹 컹 컹 묵직하게 짖어대는 견공 등.

'자연의 마음'으로 바라보자 진실이 보이기 시작했다.

시원스럽게 흘러내리며 콘크리트 빌딩 숲에 숨통을 터주고 있는 한강의 물줄기, 답답한 도심의 허파로 자리를 잡고 있는 남산과 관악산과 북한산, 쪽빛 하늘과 시원한 바람 등 세상은 그대로 하나의 가장 크고 멋진 정원이었다.

세상의 정원은 내가 애써 관리하지 않아도 저절로 관리된다. 굳이 비용과 시간을 들여 힘쓰지 않아도 된다. 담을 높이 쌓아 지켜야 할 필요도 없다.

이에 반해 내 마음의 잔디정원은 시간과 비용을 들여서 가꾸고 지켜야 한다. 잡초와 잔디로 구분해서 제거도 해야 하고, 심어진 나무의 가치를 부여하여 전지도 해야 하고, 놓인 돌과 바위의 값어치를 매겨서 자랑도 해야 한다.

자칫하면 평생을 잔디정원에 갇혀 살아야 할 뻔하지 않았는가?

세상에서 보면 그곳은 자신을 가두는 감옥살이다. 다른 사람을 들어오지 못하게 하려고 세운 담장은 오히려 자신을 그곳에 갇혀 살도록 한다.

소유하고 독점하려는 욕심은 세상과의 단절을 가져온다. 또 여타의 것을 잃게 한다. 세상의 모든 것들은 우리가 소유한다고 해서 소유할 수 있는 것이 없다. 소유했다는 착각에 빠지는 것뿐이다. 그것도 자기 마음의 그릇만큼만 소유할 수가 있으니, 소유했다고 하더라도 언젠가는 잃어버리게 되는 것이 이치다.

자연의 마음으로 산다는 것이 얼마나 축복받은 일인지는 자기라는 마음을 비워내 보면 확연하게 알 수 있다.

정상인으로 살다가 불의의 사고나 병으로 몸이 불편해진 사람들 중에 이런 경험에 대하여 종종 말하는 것을 보게 된다.

"눈을 볼 수 없게 된 이후에 더 많은 것을 볼 수 있게 되어 얼마나 감사한지 모른다."

"사고가 일어나기 전으로 돌아가고 싶지 않다. 왜냐하면 사고로 잃은 것보다도 훨씬 더 많은 것을 얻었기 때문이다."

나라고 하는 몸과, 내 소유라고 하는 것들과, 내가 이루었다고 하는 배경을, 나인 양 착각하고 있던 것들로부터 벗어나서야 비로소 알게 된 경우다.

내 마음속 금고의 크기라고 해봐야 조그만 장롱 수준이거나, 아무리 크다고 해봐야 은행의 금고 정도일 것이다. 아무리 욕심껏 담아도 이 정도밖에는 채울 수 없다.

그러나 나라는 마음을 벗어나는 순간 그 의미는 달라진다. 크기를 구분 짓던 경계선이 무너지면 경계가 없음이라, 온 세상이 내 품 안에 들어온다.

가지려 애쓰지 않아도, 불안해하며 지키지 않아도, 잃어버려 속상해할 필요도, 더 가지려 안달할 이유가 없다.

부지런히 마음의 그릇을 키울 일이다. 마음의 그릇을 키우는 방법은 욕심을 덜어내는 일이다. 그래야 그 비워진 공간으로 세상이 담겨진다.

'자연의 마음으로 산다는 것은, 신이 인간에게 준 최고의 선물이다. 말로는 표현할 수 없는, 사랑의 선물이다.'

제 5장

길을 잃은
당신에게

길을 잃는 다는 것은
곧
길을 알게 된다는 것이다.
- 동아프리카속담 -

삶을 사는 데는 단 두 가지 방법이 있다.
하나는
기적이 전혀 없다고 여기는 것이고,
또 다른 하나는
모든 것이 기적이라고 여기는 방식이다.
- 알베르트 아인슈타인 -

불행 앞에 우는 사람이 되지 말고
불행을 새로운 출발점으로 이용하는 사람이 돼라.
어떠한 지혜로도 불행을 미리 막을 도리는 없다.
그러나 그 불행 속에서
새로운 길을 발견할 힘은 우리에게 있다.
- 오노레드 발자크 -

무엇이 두려우십니까?

나라고 하는 사람은 몸과 마음으로 구성되어 있다. 몸은 실체가 있는 물질이고, 마음은 실체가 없는 비물질이다.

몸과 마음 중에서 주체는 마음이다. 나를 움직이는 것은 마음이다. 마음은 과거와 미래를 바탕으로 두고 있다.

과거와 미래는 세상에 존재하지 않는다. 존재하지 않음은 없다는 의미를 가진다. 그러므로 나라는 사람은 이 세상에는 없는 비물질적 실체인, '내 마음'이라는 허상이 이끌어 가고 있다는 결론이다.

세상인 자연에도 비물질적 실체인 마음이 존재한다. 이 마음은 '신, 세상, 자연, 진리' 등 여러 이름으로 불린다. 말만 다를 뿐이지 다 같은 '세상의 마음'을 일컫는 말이다.

'세상마음'은 언제나 지금 여기 이 순간에 존재한다. 이 마음이 세상에 존재하는 살아있는 진짜 마음이다.

세상의 마음은 과거와 미래에 묶이지 않는다. 매 순간을 살아서 움직인다. 언제까지? 그렇게 영원히⋯⋯.

이 세상의 마음은 나만 모르고 있었던 본래부터 있었던 나의 진짜 마음이다.

살다 보면 두려움이 엄습할 때가 있다.

두려움은 절망과 좌절을, 회피와 꼼수를, 공포와 죽음을 생각하게 한다. 두려움은 스트레스, 우울, 불안, 강박, 공황, 불면, 중독, 자살 등을 부른다.

우리는 돈, 사랑, 명예, 인연, 건강, 자존심 등 내 것이라고 생각했던 것들의 힘에 기대어 산다. 지금껏 이것들의 힘이 내 힘이라고 착각을 한다. 이런 힘 말고 진정한 내 힘이 있다는 생각조차도 하지를 않는다.

본래부터 부여받았던 나의 진짜 힘은 허상들의 달콤함에 묻혀서 존재조차도 느끼지 못하였다. 이렇게 우리는 지금껏 허의 힘 즉, 헛심으로 삶을 살고 있다.

두려움은 이 헛심을 잃었거나, 빼앗겼거나, 떠나보냈을 때 다가온다. 또 이 헛심으로부터 배신을 당했거나, 실망을 했을 때 두려움에 휩싸이게 된다.

어찌 보면 두려움이 엄습하는 것은 자신의 본래의 마음을 알게 되는 순간인지도 모른다. 헛심으로부터 벗어나 진짜 자신의 힘으로 살 수 있는 기회가 주어지는 것이다.

허의 힘은 허허로울 수밖에 없다. 그러므로 허허로운 힘의 실체를 알아야 한다. 내 힘이 아닌 것들의 힘은 냉정하다. 매정하게 배신을 한다.

그러나 그것들에게 매달리거나, 그것들을 다시 움켜쥐려고 하는 한, 기회가 와도 그것이 기회인 줄을 모른다. 그저 두려움에 도망치거나 주저앉아 버리고 만다.

내 힘을 갖는다는 것은, 어느 곳으로부터 힘이 들어오는 것이 아니다. 그저 헛심이 빠지니 본래부터 가지고 있었던 내면의 힘이 드러난 것뿐이다.

대부분은 인생의 목적을 헛심을 구하는 것으로 삼는다. 태어나면서부터 이것을 강요받았고, 교육도 이 헛심을 가지는 수단을 배우는 것에 집중하였다. 앞서간 모든 사람들이 그러했다. 그러니 당연히 그리하는 것이 진리라고 믿었다.

다만 목사, 신부, 수녀, 출가 등의 길을 가거나, 깨달음을 찾아 또 다른 구도의 길로 가는 등, 일부만이 이를 거부하고 물음표를 가졌을 뿐이다.

두렵다는 것은 내 마음이 두려운 것이고, 과거의 경험한 바가 반영되어 두려운 것이다. 자기만이 그러고 있는 것이지 세상과는 아무런 상관이 없다.

두렵다는 것의 실체가 있다면 세상은 하나의 공간이니, 세상에 있는 모든 사람이 같이 두려워야 한다. 그러나 그것의 실체가 없는 허상일 뿐으로 나만이 있다는 착각을 하고 있어, 나만이 두려움에 떨고 있는 것이다.

내가 경험한 과거의 기억이 내 마음을 힘들게 한다. 과거를 붙잡고 있는 사람은 나다. 그러니 과거를 놓아줄 사람도 당연히 나일 수밖에 없다. 절대로 다른 사람이 대신하여 버려줄 수가 없다.

두려움은 처음부터 존재하지 않았다. 단지 두려움은 과거를 부여잡고 있던 내가 만들어 키웠을 뿐이다. 두려움이 커지는 영양분은 내가 있다고 착각하고 있는 과거의 기억들이다.

두려움을 떨쳐내는 방법은 두려움을 하찮은 존재로 만드는 것이다. 먼지만도 못한 상태로 만들어야 한다. 그래야만 두려움이 바람처럼 날아가 버린다.

두려움은 세상에 나 혼자뿐이라는 외로움이 만들어 낸 허상덩어리이다. 세상 모두는 하나다. 한순간도 나 혼자인 적이 없었다. 단지, 믿음이 없었기 때문이다.

헛심에서 비롯된 두려움을 물리치는 방법은 믿고 맡기는 것이다. 내 것이라고 악착같이 부여잡고 있는 한 허상은 자리를 비워주지 않는다.

내 마음으로 부여잡고 있는 것들이 모두 허상덩어리임을 인정하는 것, 세상이 하나의 생명체라는 진실을 믿는 것만이 답이다.

빌어먹을 힘으로 사는 삶을 포기하고, 세상의 힘으로 살겠다는 간절한 기도만이 우리를 자유롭게 할 수가 있다.

삶에 대한 흔들림 없는 목적을 가진 사람은 두려운 것이 없다. 두려움은 내 마음이 착각하여 일으킨 단순한 허의 마음이다. 진리를 향한 뚜렷한 목적을 가지는 것은 착각을 벗어나는 길이다.

삶에서 '허상인 내 마음의 착각을 벗어나 세상의 마음으로 정신을 차려 살겠다.'는 목적을 우선할 수 있는 일은 없다.

세상의 마음에는 두려움이 없다. 두려움에 놓여 있다는 것은 내 마음에 머물고 있다는 방증이다. 두렵거든 정신을 차리고, 지금 여기에 머물러야 한다.

내가 숨을 쉬고 있음을 알아차리는 것, 놓치지 않고 의식하는 것은 정신을 차리는 가장 쉬운 방법이다.

두려움이 불러들인 스트레스, 우울, 불안, 강박, 공황, 불면, 중독, 자살 등의 아픔과 괴로움은 어찌 보면 목적을 향해 가는 영양분인지도 있다. 그러니 영양분 때문에 일희일비하거나 주저앉아 있을 필요는 없다.

나를 벗어나게 하는 조건은 세상이 나에게 주는 선물이다. 감사하게 받아야 한다.

목적을 향해 흔들림 없이 다가가는 일은 재미있고 벅찬 감동을 안겨준다. 행복은 인생의 목적을 깨달은 사람이 가지는 특권이다.

행복은 다른 곳에 있지 않다. 행복은 '지금 여기' 이렇게, 언제나 우리를 기다리고 있다.

막다른 골목에서

세상에서 해야 할 일은 너무나도 많다. 어떤 문제가 일어났을 경우, 문제를 해결할 수 있는 방법도 헤아릴 수가 없을 정도로 다양하다. 어느 정도냐 하면, 지구처럼 커다란 공을 바늘로 찌르듯이 다양하고 많다.

지구 공은 둘레가 46,250km나 된다. 서울에서 부산까지의 거리가 456km이니, 서울과 부산을 50번도 넘게 왕복하는 거리쯤 된다. 자동차를 이용하면 시속 100km로 19일 동안 쉬지 않고 달려야 도착하는 거리다.

그런데 왜 해결방법이 없다고 좌절하고, 같은 영역을 서로 차지하려고 다투는 것일까? 그것은 마음이 좁아져 있어서 그렇다.

어느 정도로 좁아져 있느냐 하면 벼룩이 콧구멍보다도 더 좁아져 있는 경우가 허다하다. 그러니 주변을 돌아볼 겨를이 없다.

마음이 꽉 쪼그라들면, 옴짝달싹 못할 지경에 이르고, 앞이 캄캄하여 숨조차 쉴 수가 없게 된다. 물리적으로 몸이 결박된 것도 아니고, 어디에 갇힌 것도 아니다. 단지, 내 마음이 그러한 것이다.

우리가 살고 있는 우주공간은 무한대라서 경계가 없다. 하물며 마음이야 말할 것도 없다. 내 마음을 벗어나기만 하면 우리가 경계를 짓고 살았던 모든 것들의 실상이 드러난다.

위와 아래, 높고 낮음, 왼쪽과 오른쪽, 동서남북, 아름다움과 추함, 잘남과 못남, 좋고 싫음 등 구분 지어 살던 이분법적인 세상의 허상이 무너진다.

'내 마음의 기준'으로 살았기에 구분을 짓는다. 내 마음의 세상에는 오직 나와 남만 존재한다. 밴댕이 소갈딱지 같은 마음에 굵고 단단한 잣대를 세웠으니 여유로움이 자리를 잡을 틈이 없다.

매 순간 단두대의 심판관 노릇을 한다. 모두들 하늘이 심판을 한다고 한다. 하지만 하늘엔 경계가 없어 심판이 존재하지 않는다.

순리의 세상에 기준과 심판이 있다니, 말이 안 되는 소리다. 세상을 심판하는 사람은 바로 나다. 내 마음의 단단한 기준잣대로 세상을 심판하고 있다.

다들 이러고 있으니 바늘 끝 같은 곳에서 서로 마주하게 된다. 처절하게 마음고생을 한다. 다른 사람을 심판하게 되면, 내 마음은 말할 것도 없고, 몸도 심하게 망가뜨리게 된다. 마음이 쪼그라든 만큼 몸도 긴장을 하게 된다.

마음심판을 하는 동안은 기가 막히는 꼴을 수없이 만든다. 기가 막히니 혈관이 쪼그라들어 혈액의 흐름을 막게 한다. 혈액순환의 불균형은 건강하지 못했던 몸의 각 부분부터 이상증상을 맞게 한다. 시름시름 아프다. 종양이 자라 암 덩이로 변한다.

마음의 칼은 한번 휘두르기 시작하면 멈추기가 여간 어려운 일이 아니다. 세상의 모든 사람을 내치기 시작한다. 이렇게 이리 쳐내고 저리 쳐내다 보면, 결국 자기 자신을 해하는 지경에 이른다.

몸과 마음이 모두 망가져 가기 시작한다. 급기야 더 이상 칼을 휘두를 수 가 없게 되는 순간을 맞이한다.

죽음의 문턱에 다다른다. 그때가 되어서야 비로소 잘못된 것임을 인식한다. 거대한 벽을 마주하게 된다. 그러나 이럴 때 만나는 벽은 한쪽만을 가로막는 벽이 아니다.

이 벽은 좌우, 앞뒤, 위아래에 걸쳐 막혀버려 오갈 데가 없는 벽이다. 삶의 맨 마지막에 몸이 갇히게 되는 대못이 촘촘하게 박힌 나무관 속처럼.

이 순간이 허를 마주하는 순간이다. 이럴 때, 할 수 있는 일이라고는 내 마음의 잣대를 꺾는 일밖에 더 할 일이 없다.

내 마음에 빼곡하게 들어차 있던 마음의 기준잣대를 하나하나

끄집어내어 꺾어보자.

둘러쳐진 벽은 벽이 아니다. 벽은 무수히 날을 세우고 있던 마음의 기준잣대가 나무울타리처럼 벽을 만들고 있는 것이다.

내 마음의 기준잣대를 꺾어 나가는 것은, 내가 죽어서 잠들어 누워 있던 나무관의 뚜껑을 여는 일이다. 이것은 새로운 세상이 열림이다. 천지개벽이라 하는 일이다.

천지개벽은 새로운 세상을 만나는 일이다. 너무 간단하다. 그러니 사이비 종교나 교주에 절대로 빠질 필요가 없다.

신이 무엇이 무서워서 진리를 숨겨놓았겠는가?

세상 자체인 신이 누구를 시켜서 진리를 전달하겠는가?

신의 대변인 행세를 하면서 진리를 팔아 먹고사는 일을 하는 것은 잘못이다. 진리를 파는 행위는 우매한 중생의 눈을 멀게 하는, 세상에 존재하는 죄 중에서 가장 무거운 죄이다.

세상에 나왔는데 애벌레에서 멈추어서야 되겠는가?

나비가 되어 훨훨 창공을 날아야 하지 않겠는가?

나비가 되어 하늘을 나는 순간, 마음은 바다요 하늘이요 무한대 우주가 된다.

그런 일로, 그만한 일로, 그런 사람과, 그까짓 사람과 부딪치고 까불 일이 있나?

그물에 걸리지 않는 물과 바람처럼, 사랑으로만 머물자. 햇빛과 공기처럼 생명수가 되자.

태풍이 제주를 거쳐 한반도에 상륙 중이라고 한다. '링링'이라 이름 붙여진 태풍은 강한 바람과 함께 많은 비를 동반하고 있는 모양이다.

재난대비 문자가 다급하게 휴대폰에 전달되고 있다. 텔레비전 방송도 태풍의 진로를 따라 각 지역의 상황을 전달하느라 시끄럽다.

꼼꼼하게 대비를 한다고 해도 강한 비바람을 동반한 태풍은 여기저기 그 흔적을 남기고 지나간다. 어제까지만 해도 뽀얀 자태로서 있던 자작나무 두 그루가 넘어져 뿌리를 드러내고 있다. 공장의 지붕도 앙상하게 철골을 드러내고 있다. 우려했던 거처럼 심각하지는 않지만 '링링'은 여기저기 많은 피해를 안겨주고 갔다.

태풍의 피해를 자연재해라고 한다. 과연 그럴까?

태풍 때문에 발생된 재해를 들여다보면, 우리가 생각하는 것과는 다소 차이가 있음을 알게 된다. 대부분은 태풍에 의한 자연재해가 아니다. 인간의 손길이 미쳤기 때문에 일어난 인재人災임이 그대로 드러난다.

자연 그대로 있던 것들은 아무런 피해도 없다.

나무가 뽑혀 넘어지거나, 비탈의 법면이 무너져 내리거나, 하천이 범람했거나, 제방이 유실되었거나 피해를 입은 것들은 모두 인간들이 편리에 의해서 공사한 것들이다.

태풍을 이해하고 배려하고 존중하지 않은 탓이다. 인간의 마음으로 태풍을 대응하려 했기에 그리된 것이다. 자연을 역행하여 욕심을 부렸기에 그랬을 수도 있다.

가만히 자연의 현상인 태풍을 눈여겨 살펴보면, 우리가 태풍을 오해하고 있다는 사실을 알게 된다. 자연을 함부로 인간의 마음으로 규정하였기에 그리했다는 것을 깨닫게 된다.

태풍은 오랫동안 자연의 시간으로 다져진 것들은 해하지 않는다. 그것들은 수없이 많은 태풍을 거치며 자연스럽게 태풍과 상생하는 이치를 깨우쳤기에 태풍이 타고 넘어가도록 길을 내준다.

자연의 마음은 하나여서 서로가 역할을 하도록 배려하고 존중한다. 그러니 서로를 해하지 않는다.

태풍은 비를 몰고 와서 호수를 채운다. 그렇게 채워진 호수는 온갖 동식물과 대지를 살린다. 가뭄을 이겨내는 생명수가 된다.

태풍은 과하게 매달린 나무의 열매를 떨구어 준다. 나무는 애써 뻗은 가지를 잃지 않아도 된다. 태풍은 바닷속을 뒤집어 청소도 해준다. 강들이 실어다 놓은 대지의 잡동사니를 맘씨 좋게 받아들였던 바다는 숨통이 트인다.

인간의 마음으로 보면, 태풍은 두려운 존재가 되고 자연재해를 몰고 오는 해로운 존재다. 그러나 자연의 마음으로 보면, 태풍은 그렇게 고맙고 사랑스러울 수가 없는 존재다.

　우리가 삶을 통하여 마주하는 것들도 마찬가지다. 내 마음으로, 내 기준으로만 보니 두렵고, 힘들고, 포기하고 싶은 것들만 가득하다. 그러나 잠시 멈춰 서서 조금만 눈을 돌려보라. 나를 괴롭히던 조건들은 하나도 버릴 것이 없다. 그것들은 아주 귀하디귀한 '나를 키우는 영양분'일 뿐이다.

지금 여기에서 시작

넓게 펼쳐진 하얀 선지宣紙 위에, 한 획 한 획이 모아져 글자 한 자가 새겨진다.

이번에 쓰는 작품은 본문이 28자다. 본문보다 작게 호와 이름 5자도 써야 하니, 작품의 글자는 모두 33글자다. 연습용 선지 100장과 작품용 선지 50장을 사왔다. 꽤나 오랫동안 작품에 매달려야 하는가 보다. 서예를 배우고 있는 아내를 옆에서 지켜본 모습이다.

한자의 서체는 오체라 하여 전서체, 예서체, 해서체, 행서체, 초서체로 구분된다. 각 서체에는 그 서체를 잘 써서 대가를 이룬 사람이 있다. 대표적으로 해서에는 안진경체가 있고, 행서에는 왕희지체가 있다. 아내는 안진경체를 연습했다. 어느 정도 익숙해져, 이를 서예전을 통하여 평가를 받기로 했다고 한다.

아내는 낮이고 밤이고 시간이 나는 대로 작품에 매달릴 것이다.

작품지에 쓰기 위해서는 한 글자당 약 500번 이상의 연습을 한단다. 이렇게 연습을 하고 난 후 출품을 위한 작품을 쓴다.

선지 한 장에 33자가 써져야 하는데, 글자를 구성하는 획이 하나라도 대칭이 안 맞거나 삐뚤어져도 작품을 포기해야 한다. 새 선지에 처음부터 다시 써야 한다.

글자당 획수가 5획에서 15획 정도로 다양하다. 작품은 33자의 글자가 아니다. 약 165획에서 495획 정도의 획이 그어진다. 그러니 만족할 만한 작품을 쓴다는 것은 여간 집중력을 요하는 일이 아니다.

붓으로 글씨를 쓰기 위해서는 준비해야 할 것과, 쓰고 난 후 마무리를 해야 하는 번거로운 일들이 반복된다.

서예는 글자의 크기가 동일해야 하고, 작품지의 크기에 따라 상하좌우의 배열이 맞춰져야 한다. 그러므로 선지를 써야 할 글자 수만큼 칸이 생기도록 접는 작업을 해야 한다.

선지가 준비되면 먹을 갈아 먹물을 준비해야 한다. 먹물은 적당한 농도가 될 때까지 정성을 들여서 간다.

먹을 벼루에 갈아 먹물을 준비하면 그 먹물이 없어질 때까지 연습을 하든, 작품을 쓰든 해야 한다. 남으면 말라서 못쓰게 되고 벼루에 찌꺼기를 남기니 그렇다.

서예를 마친 다음에는 벼루에 남은 먹물을 정리해서 닦아놔야 하고, 붓은 빨아서 말려야 한다.

출근길에 아내한테서 톡이 와 있다. 글씨가 안 써져서 속상하다는 것이다. 작품을 쓰느라 힘이 부치는 모양이다.

"상담에 답해 주세요. 항상 글씨가 똑같습니다. 늘지가 않아서 속상합니다. 어떤 마음에서 글씨를 쓰는 게 좋을까요? 시간될 때 좋은 말씀 해주시면 바로 따르겠습니다."

나의 가장 친한 친구의 하소연이니, 무심히 지나칠 수가 없다. 커피를 마시며 친구의 마음을 더듬어 본 후 답을 보냈다.

"글씨는 마음의 표현,

내 마음으로 쓰면 욕심과 번뇌가 글씨에 담겨져 그대로 드러나며,

자연의 마음으로 쓰면 순리라 물과 바람처럼 편안함이 담겨진다.

글씨를 쓰되 삶의 목적을 벗어나면 안 된다.

지금 이 순간 행복하려 사는 삶이니, 글자 한 자 한 자에 행복이 묻어 있어야 한다.

글씨가 목적이 아니니,

먹을 갈며 행복하고, 종이를 접으며 행복하고, 붓을 정리하며 행복해야 한다.

자연의 마음으로, 자연이 되어, 지혜와 순리로 일필휘지 하십시오."

아내는 고마워라 하며, 정성껏 손 글씨를 써서 사진에 담아놓았다. 이제부터는 붓글씨를 행복하게 할 수 있을 것 같다고 한다.

사람은 마음으로 산다. 마음으로 산다는 것에는 남다른 의미가 있다. 마음은 지혜와 순리다. 지혜는 정신을 차리는 것이고, 순리는 자연과 하나임을 아는 것이다.

자연마음은 시간을 가지지 않는다. 아니 시간이 존재하지 않는 세상이다.

시간에 매이지 않으니, 과거에 묶여 힘들어하지 않아도 된다. 없는 미래에 불안해하지 않아도 된다. 그러니 매 순간순간, 그렇게 영원히 살 수가 있다.

이렇듯 마음으로 살기에, 우리 앞에는 서예를 할 때처럼 매 순간 새하얀 종이가 펼쳐진다. 그곳에 나만의 작품을 그리기만 하면 된다.

번거롭게 펼치고 정리하지 않아도 된다. 무엇을 그려도, 무엇을 써도 관계가 없다. 한 획 한 획 정성을 쏟은 만큼 행복이 담겨진다.

진리의 삶이 어려울 것이라고 단정하는 것은 지독한 편견이고 어리석은 오류다. 마음을 바꿔 먹는 순간 경이로움을 만난다.

슬퍼할 일도 없다. 괴로워할 일도 없다

나만이 있다고 고집을 부리고 있다. 과거 때문에 바보처럼 힘들어할 이유가 없다. 있지도 않은 미래에 불안해서 움츠리고 살 필요도 없다.

지치고 불안하고 힘들 땐, 내달리는 마음을 멈춰 세워라. 똑바로 앞을 바라보라. 자신이 숨 쉬고 있음을 알아채라.

내 몸을 자연과 하나 되게 하여 숨 쉬게 하라. 숨이 들어가고 숨이 나온다. 이렇게 매 순간 자연과 하나 되어 숨 쉬고 있다. 살아 있음을 알아채라.

내 마음을 벗어나라. 내 생각을 멈춰라. 생각은 근심이다, 걱정이다, 슬픔이다, 화다, 불안이다, 적이다, 귀신이다, 마귀다, 사탄이다.

거실 한쪽 편에 사용하지 않는 식탁으로 서예 전용책상을 마련했다. 아내는 어린아이처럼 좋아했다. 그 모습을 보니, 왜 좀 더 일찍 해주지 못했을까 후회가 들었다. 미안했다.

그동안 아내는 식탁에서 서예연습을 했었다. 그러다 보니 펼치고 치우기를 반복해야 했다. 꽤나 불편했을 것이다.

이제 아내는 전용서재는 아니지만, 나만의 붓글씨를 쓰는 책상이 있다. 앞으로 그곳에는 수없이 많은 깨끗하고 새하얀 선지가 펼쳐질 것이다.

새하얀 선지는 새로움이다. 새로움에는 한 획 한 획 행복의 봉오리가 그려질 것이고, 은은한 묵향이 묻어나는 아름다운 삶의 꽃도 피워질 것이다.

"지헌 선생, 사랑합니다."

꽃 같은 당신에게 한 송이 희망을

아지랑이가 물결치듯이 피어나던 봄날, 큰 어른으로 고향마을을 지키셨던 재당숙이 돌아가셨다. 장지는 마을의 뒷산이다. 산에 올라보니, 고향집은 물론 넓은 들판과 저수지의 풍광이 한눈에 내려다보인다.

고향의 큰 어른이어서 그런지 꽤 많은 분들이 모이셨다. 평소 자주 왕래가 없었던 친척들과 마을의 선후배 분들도 눈에 띈다. 이런 분들까지 불러 모은 걸 보면 재당숙의 위치가 어느 정도였는지를 가늠하게 한다.

생을 정리하는 자리는 언제나 숙연함이 느껴진다. 그래서 그런지 평소와 다르게 속마음을 털어놓는 자리가 마련되기도 한다. 그날이 그랬다.

종무 아저씨와 20년 정도의 연배 차이가 난다. 그러니 뵈면 안부

인사를 하는 정도이지 대화를 해본 적은 없는 사이다. 초등학교 교장으로 퇴임한 아저씨는 드러냄이 별로 없으셨던 분으로 기억된다. 그 정도 위치였으면 고향마을에서는 인정을 받기에 손색이 없는 위치다. 그런데도 그러질 않았던 걸 보면 인정을 구걸하는 속물 욕구는 덜하신 분임이 분명하다.

묘지를 조성하는 장지였지만 호상이었기에 슬픔보다는 담담함이 흘렀다. 슬픔과 위로보다는 두세 명씩이 모여서 고인에 대한 추억을 이야기하거나 그간에 나누지 못했던 근황을 나누는 모습들이다.

아저씨와 나도 자연스레 짝이 되어 대화를 하게 되었다.

산소가 조성되는 산은 풍광을 보기에는 좋은 반면 땅은 척박한 곳이다. 지형이 남향이라서 하루 종일 햇볕이 내리고 있다. 소나무 말고는 다른 나무는 아예 없다. 그것도 잘해야 20~30년밖에 되질 않는다. 마을의 뒷산이다 보니 크고 오래된 나무들은 목재와 땔감이 부족했던 시절에 다 베어졌다고 봐야 한다. 잔 소나무들은 너무 비좁다 할 정도로 촘촘하게 서있다. 잔솔들은 베어진 어미소나무에서 떨어진 솔방울에 감추어졌던 씨앗이 싹을 틔운 것이다. 한 땅, 한 어미에서 나와 20~30년을 같이 눈보라와 비바람을 맞았다. 햇빛도 같은 햇빛, 공기도 같은 공기를 받고 마셨다.

"아저씨! 저 숲의 소나무들이 아이들 같지 않으세요? 저는 쭉쭉

뻗은 줄기와 푸르른 솔잎이 꼭 아이들의 모습 같아 보입니다."

"그렇군, 어떻게 그런 생각을 다 했데."

"아 예, 제가 평상시 명상을 했습니다. 명상을 통해서 자연의 깨달음도 좀 얻었습니다. 그러다가 아이들에게도 전해줄 방법이 없나 해서 청소년지도사 자격을 땄는데, 무엇을 보기만 해도 아이들 생각에 예사로 보이질 않습니다. 철학은 고사하고 아이들을 공장에서 규격화된 제품을 찍어내듯 하는 교육 현실이 안타깝습니다. 보십시오. 저 소나무들을 보면 수백 그루가 하나도 같은 모양이 없습니다. 제법 굵고 곧게 뻗쳐 오른 소나무가 있는 반면, 어느 것은 반듯하지도 않고 굽어있기도 합니다. 저는 저런 자연스럽고 개성 넘치는 다양성이 아이들과 닮았다고 느껴져 가슴이 짠합니다."

"그렇지! 옳은 말이네. 교육자의 한 사람으로서 할 말이 없네."

자연은 신의 창조물이다.

자연 속에서 닮은꼴은 있어도, 서로 똑같은 존재는 없다. 창조물들은 나름의 가치와 각각의 역할을 가지고 태어났다. 그러므로 비교가 불가능한 존재들일 수밖에 없다.

세상에서 자신을 제일 잘 아는 사람은 자기 자신이다. 그러므로 자신을 평가하고 판단하는 일도, 자신이 서있는 위치를 파악하는 일도 자기 자신이 제일 잘할 수가 있다. 하지만 우리는 자기 자신을 평가하고 인정하는 일을 무허가 돌팔이한테 맡기는 실수를 하고 있다. 그 결과 자기 자신의 진정한 삶을 잃어버리게 되었고, 헛된 꿈만을 꾸는 환자로 살아가고 있다.

　인간은 사회적 동물이라서 그런지 상대방으로부터 인정을 받으려는 욕구가 무척 강하다. 하여 자신이 태어난 삶의 목적도 자신을 돋보이게 하는 일을 가지거나, 남들보다 높은 위치의 자리를 차지하거나, 부를 쌓는 것으로 삼는다. 또 그렇게 해서 얻은 것들을 움켜쥐고, 그것의 힘을 과시하거나 뽐내면서 다른 사람의 평가와 인정을 기다린다.

　그 평가와 인정이 내어주는 것은 무지개 같은 잠시 잠깐의 허망함일 뿐이다. 그런데도 그 허망함을 위해서 인생의 전체를 쏟아붓고 있다.

　나를 인정해 주는 대상은 누구인지 그 대상을 살펴볼 필요가 있다. 그 존재는 나를 있게 한 완전함도 아니고, 나를 이끌어줄 선지자도 아니다. 그저 나와 같은 완전하지 않은 사람일 뿐이다.

　평가하고 인정을 하는 주체는 자격을 갖추고 있어야 타당성이 있다. 그렇지 않을 경우 그것에 연연해하거나 큰 의미를 부여할 필요는 없다. 그러나 내 눈으로 보는 내 마음의 세상에서는 인간을 평가할 수 있는 대상은 어디에도 존재하지 않는다. 왜냐하면 신의 영역에는 이분법적으로 심판이 없는 세상이라서 그렇다. 신의 영역은 완전함이기에 자연스러운 순리만이 존재하기 때문이다. 그러니 칭찬이나 인정에 목말라하거나 구걸할 필요가 없다.

칭찬과 인정에 목말라하는 것은 힘들고, 지치고, 짜증 나고, 외롭고, 슬프고, 무섭고, 두려운 막다른 골목을 헤매고 있는 사람에게 도움을 요청하는 꼴이다. 나도 힘들고, 지치고, 짜증 나고, 외롭고, 슬프고, 막다른 골목에서 헤매고 있으니 제발 좀 해결해 달라고 매달리는 것이나 다름없다. 이것은 의사 자격이 없는 사람에게 치료와 수술을 맡기는 것과 별반 다르지 않은 어리석은 짓이다.

인정이 의미하는 것이 무엇인지도 알아야 한다. 그것은 뜻과 의미가 뚜렷하고, 존경과 본받을 만한 것이기에 인정을 받는 것이 아니다. 그것은 단순한 관심과 호기심을 보이고 있는 것뿐이다.

우러러본다는 의미를 담고 있는 '인정'은 '마음속으로 공경하여 떠받들다.'라는 의미를 내포하고 있다. 그래야 인정을 받으려고 애쓰는 보람이 있다. 그런데 단순한 관심과 호기심을 보이는 것에다가 자신의 모든 것을 바칠 만큼 의미를 둘 필요가 있을까?

가십거리를 찾는 사람들에게서 얻을 수 있는 것은 비웃음과 조롱일 수밖에 없다. 그러니 우리는 지금까지 비웃음과 조롱을 구걸하고자, 그런 자리를 차지하고자 많은 시간을 그렇게 허비했는지도 모른다.

이것이 내가 삶의 목적으로 삼고 추구했던 것들의 민낯들이다. 목적했던 것이, 인정하는 존재가, 진리와는 그 개념과 차원이 달랐었다는 이야기다. 이렇듯 내가 지금까지 붙잡으려 매달리고 있던 것은 아무런 의미가 없는 허상이었다. 그러니 그것에 매달리면 매달릴수록 삶은 더욱더 삶은 미궁 속으로 빠지게 될 수밖에 더 있었 겠는가?

어쩌면 지금까지 추구했던 것이 허망한 것이라서 다행인지도 모 른다. 왜냐하면 그것들이 정말로 내가 인생을 바쳐야 할 목적이었 다면 얼마나 절망적이었겠는가?

아직 찾지는 못했지만, 깨닫지는 못했지만, 추구해야 할 진리가 남아있다는 것은 우리에게 새로운 삶의 기회를 주는 새로운 희망의 메시지다.

지금까지 살아온 것들이 인생의 전부 다가 아니란 이야기는 내 가 지금 막다른 골목에 도착해 있지 않다는 방증이다. 그러니 얼마 나 다행스러운 일인가?

모두들 그렇게 살아가고 있으니 나도 그렇게 살아야 한다고 믿 고 살아왔다. 아니 그보다도 더 훨씬 처절하게 몸부림치며 살아왔 는지도 모른다.

그렇게 당도한 곳이 힘들고, 지치고, 짜증 나고, 외롭고, 슬프고, 무섭고, 두려운 막다른 골목의 끝이었다니 얼마나 답답한 노릇인가?

그러나 다행스럽게도 나는 지금 막다른 골목에 와있다고 착각을 하고 있을 뿐이지, 막다른 골목에 있지가 않다. 그러니 희망을 잃 지 말고, 착각하고 있다는 것을 깨달아야 한다. 새 출발을 준비해 야 한다.

잘 먹고 잘사는 것은 잘사는 것이 아니다. 내가 해야 할 일을 하는 것이 잘사는 것이다. 그러니 잘사는 일은 자기 자신이 '자연의 마음을 가진 어른으로 거듭나는 일' 뿐이다.

자연의 마음을 가진 어른은 절대로 자기 자신을 남에게 맡겨서 키워지질 않는다. 어른은 스스로 자신을 갈고 닦으며 스스로를 키우고 돌본다.

자기 자신을 평가하고 인정하는 것, 자기 자신을 스스로 돌보고 키우는 것은 '자기 자신을 창조한 신의 마음으로 돌아가는 첫걸음을 내딛는 일'이다.

기적이라 부른다

우리는 일상적인 것에 너무 익숙해져 있다. 항상 새롭고 특별한 것에 더 많은 호기심을 보이고 관심을 둔다. 포장되고 왜곡되어 만들어진 것에 '기적'이라는 이름이 붙여진 '허접한 쓰레기'에 현혹되기가 일쑤다. 그러니 진리를 추구하는 종교활동이나 상품판매 방법을 위한 마케팅에는 여지없이 이를 반영한 전략들이 활용되어지고 있다.

내달리는 마음을 멈추고 조금만 여유를 두고 바라보기만 해도, 내가 여기 이렇게 머물러 있는 일상의 전부가 '기적'일 뿐이라는 경이로운 사실이 알아진다.

대전에서 교육을 받을 일이 있었다. 일주일 정도 광명역과 대전역을 오갔다. 편도 약 150km의 거리다. KTX를 이용했는데 약 40분이 소요되었다. 모니터를 통해 전해주는 계기판을 보니, 기차는 시속 200km 가까이를 달렸다.

대중교통이 없던 옛날이라면 대전은 걸어서 4~5일은 족히 걸리는 거리다. 전철에서 책을 읽는 버릇이 있어 습관처럼 가방에서 책을 꺼내 펼쳤다. 몇 장을 넘기지 못하고 도착을 알리는 방송을 듣고 덮어야 했다. 이렇게 먼 거리를 불과 커피 한 잔 마시는 시간에 이동할 수 있다니, 이동수단의 발전이 놀라울 따름이다.

괴나리봇짐을 지고 한양을 오갔을 시절의 사람들이 이런 경험을 했다면 어떤 반응을 했을는지가 궁금해진다. 믿을 수 없는 상황에 '기적'이 일어났다고 밖에 달리 표현할 말이 없었을 것이다.

이렇게 보면 비약적으로 발전한 현대문명의 산물들 중 어느 것 하나 기적에 미치지 못하는 것은 없지 싶다.

자동차·비행기·우주선·잠수함 등 운송수단은 물론이고, 텔레비전·컴퓨터·복사기·내비게이션 등 각종 전자제품, 휴대전화·팩스·SNS 등 통신수단, MRI·CT·X-레이·초음파기기 등 첨단의학 장비 등 전부 다가 기적의 산물로서 전혀 손색이 없다.

그러나 이런 것들이 문명의 편리함을 누리고 사는 현대인들에게는 별다른 흥밋거리가 되질 않는다. 일상 속에 서서히 녹아들어 삶의 일부로 자리를 잡았기에 그러하다.

모든 것이 기적일 수밖에 없는 자연의 온갖 혜택을 누리고 사는 사람들이 기적을 기적인 줄 모르고 사는 것과 같은 상황이다.

지금 내가 머물고 있는 위치를 한번 살펴보자.

　나는 지금 둘레가 46,250km나 되는 비행선을 타고 있다. 비행선은 시속 1,670km로 회전을 하며, 시속 107,320㎞의 속도로 비행을 하고 있다. 고작 시속 200km를 내달리는 기차를 빠르다고 하는 인간의 마음으로는 가늠하기가 어려운 수치다. 어떤 비행체인지 알겠는가? 짐작한 대로 이 비행체의 이름은 '지구'라는 비행선이다.

　초음속으로 전투기가 공중을 가로질러 비행을 하게 되면 고막을 찢을 것 같은 굉음을 낸다. 하물며 이런 어마 무시한 비행체가 상상하기 어려운 속도로 비행을 하는데 그 소리가 어떠하겠는가?

　개미는 사람들이 살면서 내는 일상의 소음을 감지하지 못한다고 한다. 사람도 자전을 하는 지구가 태양을 공전할 때 내는 소리를 듣지 못한다. 만약 이 소리를 듣게 된다면 고막이 터지는 것은 물론이고 소음 때문에 정상적인 생활을 할 수가 없다.

　나는 허공을 비행하고 있는 비행선에 붙어살고 있다. 비행선은 엄청난 속도로 자전과 공전을 하고 있다. 자전과 공전으로 굉음이 나지만 그 소리를 듣지 못하고 있다. 공의 곳곳에는 물이 고여있는 바다와 호수 웅덩이가 있다. 그러나 물은 쏟아지지 않는다.

　태양은 지구에게 부모가 자식을 대하듯 빛과 에너지를 주어 보살피고 있으나 간섭하지 않는다. 그저 독립체로 살도록 무던하게 지켜보고만 있다.

　지구에 사는 모든 생명체는 물이 담겨진 어항의 금붕어처럼 공기로 숨을 쉬며 산다. 지구를 담고 있는 그릇도 없는데 공기는 지구를 벗어나질 않고 있다. 불어진 풍선에 바늘만 한 구멍만 있어도 순식간에 빠져버리는 공기가 온천지가 열려 있는데도 그대로 담겨져 있다. 이것이 나의 현주소다.

코스모스의 계절 가을이다. 가을하늘은 높고 맑다. 떠다니는 구름도 여름구름보다 좀 더 포근하게 느껴진다.

분홍색의 물결처럼 넘실대는 넓게 펼쳐진 코스모스의 군무가 장관이기는 하지만, 그것을 배경 삼아 휴대폰에 담는 것을 잠시만 중단한다면 코스모스의 또 다른 매력을 느낄 수가 있다.

멈춰 서서 코스모스를 들여다보고 있노라면 그렇게 예쁠 수가 없다. 코스모스는 가운데 노란색의 관상화에 끝이 톱니 모양을 한 8개의 분홍색 설상화 잎이 붙어있다.

질리지 않는 분홍빛깔의 색감과, 하늘거리는 꽃잎과, 길쭉하고 까만색의 씨를 잉태한 노란빛깔의 꽃술들을 들여다보고 있노라면 경외감이 든다.

물과 바람과 햇빛이 그려낸 공동작품이다. 아무리 뛰어난 화가라도 이렇게 표현을 해낼 수는 없다. 손과 발이 없는 자연이라는 화가가 그려낸 작품이다. 이 아름답고 초연한 미술작품 앞에서 기적이라는 말 외에 달리 표현할 방법은 없다.

가을엔 한가로이 가을볕을 등지고 오솔길을 걷는 재미도 꽤 쏠쏠하다.

초등학교는 산길을 넘어 4km를 가야 하는 거리에 있었다. 어린 나이에 걸어서 다니기에는 다소 멀고 지루한 거리였다. 어쩌다가 청소당번이나 특별활동 등으로 혼자서 집에 오게 될 때가 종종 있게 된다. 혼자서 산을 넘어와야 하니 무섭기도 하고 따분할 수밖에 없다.

이럴 때 나타나서 나와 함께하는 녀석이 있다. 저녁노을에 비치는 녀석의 자태는 황홀하다. 자연에서 탄생한 보석으로 표현하면 모를까. 인위적인 원색의 색감으로는 표현이 불가능하다.

머리 부분은 비취와 에메랄드, 목 부분은 루비와 피산호, 등껍질은 루벨라이트 바탕에 진한 블루사파이어가 작게 두 개, 크게 두 개가 박혀있다. 다리와 더듬이도 마찬가지로 보석들의 빛깔이다.

내가 붙여준 이름은 보석벌레지만, 정식 이름은 길 안내를 잘한다고 해서 '길앞잡이'라고 부른다. 이름에 걸맞게 녀석은 내가 가는 길 앞을 열심히 날아다니면서 길을 안내하곤 했다. 녀석의 보석처럼 반짝이는 모습을 바라보다 보면 혼자라는 무서움은 물론 지루함도 금세 사라졌다.

'녀석은 눈길을 사로잡는 빛깔을 어떻게 가지게 되었을까?'

'기적'이 아니고는 이런 복이 굴러올 수가 없다. 녀석은 자연으로부터 기적의 빛깔을 선물로 받은 것이다.

이처럼 자연의 산물은 모두가 기적의 존재들이다. 또한 세상에 존재하는 모든 것들은 자연이 아닌 것이 없다. 그러니 사람이 자연이라는 사실은 더 이상 말할 필요가 없는 진리다.

'사람은 자연에서 태어나 자연으로 사는 기적의 존재다.'

지혜로운 사람은 자기 자신이 기적의 존재임을 깊이 인식한다. 신은 얼마나 많은 경우의 수와 데이터를 결합시켜 나를 세상에 드러나게 했을까? 감사를 모르는 무지는 그저 당연한 것으로 알고, 저 잘난 맛에 살고 있을 뿐이다.

우리가 살고 있는 자연은 온통 기적뿐, 다른 이름을 붙일 만한 것은 하나도 없다. 하찮게 여기는 풀 한 포기, 파리 한 마리도 기적의 산물이다. 하물며 창조주를 닮아 태어나 지금 여기에 이렇게 머물고 있는 나야, 더 이상 말이 필요 없는 기적이다. 이렇게 태어난 것과 사는 것이 기적인데 감사하지 않을 일이 또 무엇인가?

기적 같은 삶이 아니라 기적뿐인 삶이다. 어쩌다 감사가 아니라 매 순간이 감사한 삶이다. 그러니 우리는 지금 여기 이렇게 행복할 수밖에 없는 삶이다.

청춘이라서 아플까?

『아프니까 청춘이다』라는 책이 많은 사람들로부터 관심을 받은
적이 있었다.

책은 어렵더라도 참고 견디면 화려한 날이 온다는 위로와 격려
의 메시지를, 지금은 과정이니 내일의 성공을 위해서 희생을 해도
된다는 의미를, 젊었을 때의 시련과 경험이 성인이 되어 귀중한 자
산이 된다는 조언을 해주고자 하였지 싶다.

"젊음을 가진 너희에겐 내일이라는 찬란한 희망이 있다, 아파도
힘들어도 참고 견디며 부딪치고 경험해라, 멈추거나 뒤돌아보지 말
고 쉼 없이 앞으로 나가라."고 강요하는 것처럼 들릴 수도 있겠다는
생각이다.

한편으로는 어떻게 살아야 하는지의 삶에 대한 답을, 태어난 목
적이 무엇인지의 깨달음의 답을, 진정 나는 누구인가에 대한 철학

적인 답을 줄 수가 없어, 궁색하게 둘러댄 변명처럼 들렸지 싶기도
하다.

우리의 삶은 태어나면서부터 시작된다. 어디를 향해 가야 하는
목표점이 부여된 것도 아니다. 무엇을 해야 하거나 무엇을 달성해
야 하는 과업이 부여된 것은 더더욱 아니다. 그러니 우리의 삶은 애
초부터 결과가 요구되어지는 삶이 아니었다.
'결과 요구가 없는 삶이라니?'
왜냐하면 결과가 요구되는 삶이라면 당연히 그에 필요한 시간도
부여되어야 하는 것이 이치에 맞다. 그러나 우리에겐 삶을 위해서
보장된 시간이란 애초부터 없었다.
그러니 앞을 위해 뒤를 할애하거나, 희생하고 결과를 기대하거
나, 무엇을 부여잡아야 한다고 생각한 것은 아주 무지몽매한 착각
이다. 더욱이 지난 일을 되짚는 행위는 참으로 어리석기 짝이 없는
일이다.

지금 여기에 단단하게 뿌리를 내리지 않는 삶은 의미를 상실한
삶이다.
세상에 존재하는 것은 지금 여기밖에 없다. 세상에 존재하는 것
들 중 이 원칙에서 벗어날 수 있는 것은 아무것도 없다. 그러니 나
라고 해서 그것의 예외를 보장받았을 수가 있겠는가?
이렇게 보면 우리가 보편적으로 알았던 사실의 허상이 그대로

드러난다. 그러니 우리는 아주 커다란 삶의 시행착오를 한 것이다.

우리는 매 순간 최고로 행복해야 하고, 또 이를 소중하게 여기며 살아야 한다. 어떻게 보면 대학에 들어가기 위해서 치열하게 보내야 하는 초등학교, 중학교, 고등학교 12년 동안의 기간이 우리에겐 최고의 황금기일는지도 모른다. 그런데 그런 인생의 황금기를 대학과 성공이라는 허울뿐인 것과 맞바꾸어 버리는 우를 범하고 있다. 그러면서도 무엇을 잘못했는지도 모르거니와 이 같은 오류를 당연하게 여기며 똑같이 대물림해 주고 있다.

사람은 태어나서부터 죽을 때까지 어느 한순간도 되돌려서 살 수 있는 시간은 없다.

드라마나 영화를 리플레이 해서 보듯이 되돌려서 살 수 있다면 오죽 좋겠는가? 그러나 반대로 이와 같지 않기 때문에 매 순간을 소중하게 보듬고 진솔하게 살아야 한다는 숙명을 마주한다.

한 학기 동안 고등학교 1, 2학년을 대상으로 명상 강의를 하였었다. 쉬는 시간이었는지 정문을 들어서자 운동장을 비롯하여 여기저기 와자지껄한 것이 무척이나 활기가 넘쳐났다.

'아! 이런 것이 아이들의 생동감이구나.'라는 생각에 나도 덩달아 생기가 솟아나는 것 같았다.

'이런 곳에서 아이들과 근무한다면 얼마나 좋을까?' 선생님들이 부럽기만 했다.

그런데 막상 만나본 선생님들과 학생들의 속내는 부러워했던 것과는 거리가 있었다. 만나본 선생님들은 표정이 밝지가 않았다.

물어보니 선생님들도 스트레스가 이만저만이 아니란다. 대부분 선생님으로서의 자부심과 보람보다는 직업으로 교사직을 수행하고 있다고 보는 것이 적절할 것이라고 한다.

교사의 권위와 존경심은 실추될 대로 실추된 상황이고, 학생들 또한 학교라는 과정을 통해서 얻을 것이라곤 단지 학생부, 성적표, 졸업장일 뿐이라 여기고 있으니 당연한 결과이리라.

언제부터 우리 사회는 가장 발랄하고 행복해야 할 아이들을 이렇게 험지로 내몰며 닦달 아닌 닦달을 하게 된 것일까?

가장 행복해야 할 곳에서, 세상에서 가장 행복한 울타리 안에서 이러고들 있으니 참으로 답답한 노릇이다.

부모님과 선생님의 역할은 아이들을 행복하게 해주는 것이다. 행복한 부모가, 행복한 선생님이 행복을 나누어줄 수 있다. 내가 행복하지 않은 상태에서는 절대로 상대를 행복하게 해주지 못한다.

아이들을 행복하게 해주기 위해서는 내가 행복해져야 하니, 부모님과 선생님은 아이들을 통해서 저절로 행복의 길로 들어서게 된다.

행복한 아이가 공부를 더 잘한다. 행복한 아이가 창조의 핵심인 영감이 잘 떠오른다. 그러니 엄마와 아빠의 할 일은 집안을 행복하게 이끌기만 하면 된다. 이것이 아이를 위한 부모로서의 최선의 노룻이다.

아이를 위해 꼭 무슨 역할을 해야 한다고 생각하지 말아야 한다.

아이의 행복은 아이의 몫이다. 그저 넉넉하게 바라보기만 해도 충분하다. 좌충우돌하는 모습도 예쁘고, 넘어졌다가 일어서는 것도 대견하다.

이런 모습을 보려고 부모가 된 것 아닌가? 즐기고 행복하기만 하면 된다.

아이는 저절로 행복하다. 알아서 한다. 공부도, 자기계발도 하고, 사춘기도 보낸다. 이렇게 살아가는 맛을 알아가는 재미가 아이에겐 최고로 행복한 순간이다.

선생님도 마찬가지다. 스승의 역할은 아이들에게 행복하게 사는 모습을 보여주는 것이다.

학교에 갈 때는 직장에 간다는 생각보다는 보람을 가지러 간다고 생각해야 한다. 어른이 되는 학교에 간다는 마음가짐으로 가야 한다.

스승은 온몸을 불살라 삶이 행복하다는 것을 맘껏 뽐내야 하는 사람이다. 아이들은 행복하게 사는 선생님의 참모습을 보면서 삶의 위안을 받고 미래의 로망을 그린다.

선생님은 온통 아이들의 행복만을 위해 미쳐야 한다. 학교의 정문을 들어설 때에는 모든 근심과 걱정하는 자신의 마음에서 벗어나

야 한다. 아이들을 마주할 때는 자연의 넉넉하고 포근한 마음뿐이
어야 한다.

행복은 편안함과 안락함에 있지 않다. 편안함과 안락함은 자칫
무료와 나태를 동반한다.

행복은 진리에 목적을 세우고 그것에 뜻을 확고히 했을 때부터
함께한다. 이러한 상태여야만 아픔, 슬픔, 좌절, 실패, 헤어짐, 상실,
고통, 외로움, 우울함, 배고픔, 죽음 등 모든 조건이 감사하고 소중
하게 된다. 그러면서 조건은 더 이상 조건의 의미를 상실하게 된다.

스트레스를 벗어나 행복해지고 싶은 젊은이들 사이에서 실천되
어지는 '소확행'의 이면을 들여다볼 필요가 있다.

진정한 삶의 목적이 없는 '소확행'은 자포자기 내지는 나태와 도
피가 될 수도 있다. 그러니 행복은 삶에 대한 목적을 분명하게 했을
때부터 시작된다고 봐야 한다.

우리는 자연이다. 그러므로 우리의 몸은 자연에서 나누어졌다가
자연으로 흩어진다. 우리가 사는 세상은 하나의 세상이다.

하나의 자연이다. 내 마음을 벗으면 모두가 하나임을 알게 된다.
자연의 마음이다. 하나님을 맞이하는 순간이다.

그러니 내 자식과 내 식구만을 챙기는 순간, 나와 내 새끼만 행복
하면 그만이라는 순간, 우리는 아주 커다란 행복을 발로 걷어차고
있음을 알아야 한다.

　우리는 그리 오래전이 아닌 그때, 304명의 천사들을 세월호에 실어 가슴에 묻었었다. 그때 우리는 엄청난 변혁을 일으킬 양 떠들어댔다. 그러나 정작 무슨 변화를 이끌어 냈는지에 대해서는 되돌아볼 필요가 있을 것 같다.

　우리는 참 둔감하고 무심하다. 좀 살펴보자.

　OECD 국가 중 1위, 하루 37.5명, 월 1,125명, 1년에 13,500명이란다. 세월호 침몰 사고가 월 3.7회 일어나고 있다. 1년이면 자그마치 44회다.

　'무슨 수치일까?'

　세월호 침몰사고 한 번에 온 나라가 요동쳤었다. 아직도 그 여파는 가시지 않고 진행형이다. 그런데 매달 4건 정도의 세월호가 침몰하고 있는데도 별반 무신경이다.

　정쟁에 이용할 가치가 없기에 그러한 것인가?

　아니면 이슈화해도 얻어먹을 게 없으니 그러한 것인가?

　우리나라는 '자살공화국'이라는 오명을 수년째 이어오고 있다. 세월호와는 의미는 다르겠지만, 더듬어 들어가면 별반 다르지 않음을 찾을 수도 있다.

　세월호는 참 삶의 의미를 망각한 탐욕과, 무신경과, 우리 사회에 진짜 어른이 없음을 드러낸 최악의 인간행동이 빚어낸 일이다.

　마찬가지로 연 44회나 일어나는 자살호 침몰사고는 우리의 병약

한 사회구조를 여실히 드러내고 있다고 봐야 한다.

목적을 상실한 삶, 나만 잘살겠다는 초개인주의, 갈 길을 잃어버린 교육정책, 철학교육의 부재, 어른이 없는 사회, 내로남불, 자기밖에 모르는 것들의 줄서기, 이념정쟁의 추태 등.

우리는 세월호에 참으로 많은 가슴앓이를 했었다. 너나 할 것 없이 우리 모두는 반성과 후회와 미안함에 용서를 구하는 눈물을 흘리며 천사를 떠나보냈었다.

그 눈물은 두 번 다시는 인간다움을 내려놓지 않겠다는 우리들의 약속이 아니었던가?

오늘도 우리가 사는 어느 그늘에서는 아파도 아프다는 말도 못하고 그저 끙끙 앓다가 스러져 가는 젊은이들이 있다. 그 꽃다운 청춘들이 올라탄 탄 배가 침몰하고 있다.

아파도 된다고 아프면서 크는 것이라고 했으면, 기댈 곳도 너무나 아파서 견디기 힘들면, 잠시 누워서 쉴 곳도 마련해 주어야 하였었지 싶다.

참으로 무심했었다. 아파도 된다고만 하며 내몰기만 했다.

이제부터는 물어봐야 하지 않을까? 얼마나 많이 아프냐고, 잡아줄 손이 필요하냐고.

역설적으로 '행복해야 청춘이다.'를 말하고 싶다.

"고기도 먹어본 사람이 많이 먹는다."라는 속담이 있다. 어떤 일이든 늘 하던 사람이 잘한다는 뜻이다.

"콩 심은 데 콩 나고 팥 심은 데 팥 난다."라는 속담처럼, 소는 송아지를 낳고, 말은 망아지를 낳고, 개는 강아지를 낳는 것이 자연의 이치이다.

이제 우리는 진짜 행복을 알아가야 한다. 또 그렇게 행복을 경험해야 한다. 그래야 행복을 말할 수도, 행복을 그릴 수도, 행복을 함께할 수도, 행복을 나누어 줄 수도, 행복을 가꾸고 다듬을 수도, 행복을 물려줄 수도 있기 때문이다.

세상의 마음으로

인간의 삶이 전개되는 양상을 양파와 벌레로 비유해서 생각해 본 적이 있다.

양파는 둥글고 여러 겹의 껍질로 되어 있다. 그 양파의 중간지점에서 있던 알에서 벌레가 깨어났다고 가정해 보자.

양파의 껍질 속은 캄캄한 세상이다. 양파 특유의 냄새가 진동을 한다. 매운맛으로 눈을 뜰 수가 없고 따갑기도 하다. 벌레는 그곳에서 양파의 영향으로 삶을 시작한다.

벌레는 껍질을 뚫어낼 정도로 힘이 길러졌다. 방향을 잡고 껍질을 파고들었다. 한 겹씩 한 겹씩 통과되어질 될 때마다 벌레는 희망의 나래를 펼쳤다.

벌레는 단 한 번의 판단으로 전혀 다른 결과를 가져오게 된다는 사실을 모른다.

안으로 파고들게 되면 벌레는 더는 나아갈 수 없는 공간을 만나 그곳에서 생을 마감해야 한다. 그러나 밖으로 방향을 잡게 되는 경우 벌레는 양파의 마지막 껍질을 벗어나 새로운 세상을 만나게 된다. 아름다운 나비가 되어 푸르른 창공을 나는 한 마리의 멋진 나비가 된다.

우리의 삶도 이와 다르지 않음을 알 수가 있다.

우리의 삶은 양파와는 비교할 수도 없는 껍질 속이다. 크기도 자기의 마음의 모양만큼이나 크기 때문에 그저 답답함을 느낄 뿐이지, 겹겹의 틈에서 살고 있다는 것을 전혀 깨닫지를 못한다.

살면서 양파의 크기는 자기의 마음의 상황에 따라서 점점 커지기도 하지만 줄어들기도 한다.

대부분은 속으로 파고드는 삶을 살게 되고, 밖으로 방향을 잡았다가도 몸의 기운이 떨어지거나 자기가 가지고 있던 허상의 힘이 없어지게 되는 경우, 방향을 틀어 막다른 껍질 속으로 향한다. 안타깝게도 대부분 사람들의 삶의 마지막은 막다른 골목에 다다르게 된다.

이렇듯 현재 우리의 삶의 위치는 양파의 껍질 속 사이의 틈새에 머물러 있는 벌레의 형편과 별반 다르지가 않다.

겹겹이 껍질에 덮여있는 양파는 다름 아닌 자기 자신의 마음 덩어리이다.

세상의 입장에서 보면 그 마음의 덩어리라는 것은 없다. 다만 혼자만이 그 마음이 있다고 착각을 하면서 그것이 자기의 뿌리이고 근원이라고 주장한다. 그러니 세상의 입장에서는 참으로 한심한 노릇이다.

세상의 입장에서 바라봤을 때 '자기 마음'이라는 것이 있는 것 같지만 세상에는 없는 허이니, '색즉시공色卽是空'이다.

세상의 입장에서 바라봤을 때 '세상의 마음'은 없는 것 같지만 실제로 영원히 살아 있는 존재이니, '공즉시색空卽是色'이다.

'알아차림'은 양파의 껍질 속임을 인식하고 방향이 잘못되었음을 아는 것이다.

'깨달음'은 자신이 갇혀 있는 것이 허상의 자기 마음속이라는 것을 아는 것이다.

"부활하여 새 생명을 얻었다."는 것은 알아차림과 깨달음을 통해서 얻은 지혜로움으로 마지막 껍질을 통과해서 본래의 세상으로 나온 것을 말한다.

이것은 태어남의 목적을 이룬 것이요. 간절한 기도와 믿음의 결과물이다. 새 나라와 새로운 땅에 우뚝 서는 일이다.

생활을 하다 보면 가끔씩 일이 안 풀려 답답한 경우와 접하게 된다.

부모와 자식 간에, 상사와 부하 간에, 친구 간에, 연인 간에, 이웃 간에, 선생님과 학생 간에, 거래 관계에서, 협상 관계에서.

이럴 때는 조급함보다는 여유를 가지고 서로 떨어져 서로의 마음을 가다듬을 필요가 있다. 어느 한쪽의 마음이 자연스러워질 때까지.

자연스러워진다는 것은 내 마음이 비워지고 세상의 마음이 드러나 마음의 빈틈이 생김을 의미한다. 빈틈은 숨을 쉴 수 있는 공간이다.

이때에도 빈틈에 안주하기보다는 양파의 마지막 껍질을 뚫고 나오듯이 마음의 실체를 깨우친다면이야 더없이 좋겠지만, 그렇지 않다 하더라도 어쨌든 답답할 때는 자연을 바라보며 마음을 가다듬어야 하는 시간이 필요하다.

우리는 자연을 만나면 행복하다. 그래서 자연으로 들어가려 한다.

산으로 들로 들어간다. 집 안에 화분도 들이고 정원을 가꾼다. 모두 자연스러운 행복을 맛보기 위해서 하는 행동들이다.

만남도 자연스러움이 좋다. 자연스러운 사람과 만나면 행복하고 즐겁다. 그렇지 않은 경우 머리도 아프고 지루하고 답답하다.

그래서 협상을 하거나 거래를 할 경우에도 자연스럽지 못하게 되면 일이 꼬이거나 성사되기가 어렵다. 그러니 누구를 만나려거든 자연스러운 마음으로 행복해서 만나야 한다. 그래야 행복한 가운데 일이 성사되는 것은 물론이고, 자연스럽게 새로운 친구관계로 이어진다.

세상에는 하나의 '세상의 마음'이 있어 영원히 살아 움직인다.

세상은 하나다. 마음도 하나다. 세상의 마음은 가장 크고, 가장 넓고, 가장 높고, 가장 낮다.

세상의 마음은 사랑과 순리와 지혜라는 삼형제가 살고 있다. 이 삼형제가 자유롭고, 명료하고, 행복하게 사니 이를 일러 '세상의 이치'라고 한다.

세상에 태어난 모든 존재는 세상이 아닌 것이 없다. 그러니 세상의 마음으로 사는 것이 당연한 이치다. 사람의 마음이 얼굴에 드러나듯 세상의 마음은 자연으로 드러난다.

사람도 세상에 태어난다. 그러므로 사람이 태어난 이유와 목적은 당연히 세상의 마음을 가지고 자연과 더불어 행복하게 살아야 한다.

그렇지 않을 경우 사는 이유와 목적을 모르니 삶은 답이 없어 답답하고, 틈새에 갇혀 있어 답답하고, 서로를 알지 못하여 답답하고, 앞이 안 보이니 답답하다.

허상의 마음으로 허깨비 놀음을 하고 있으니 허허롭고, 지금 여기에 머물질 못하니 허허롭고, 삶과 죽음이 있으니 허허롭다.

반대로 세상의 마음으로 거듭남은 자연스러우니 자유롭고, 세상을 다 가질 것이 없으니 자유롭고, 오고 감이 없으니 자유롭고, 너나가 없으니 자유롭고, 시간이 없으니 자유롭다.

내가 세상이라 물을 것이 없으니 명료하고, 세상의 눈을 뜨니 지혜 자체라 명료하고, 내 마음의 기준잣대가 없으니 무척無尺이라 명료하다.

세상의 마음은 물과 바람이라 다툼이 없으니 행복하고, 지혜와 순리라 걸림이 없으니 행복하고, 시비분별이 없어 사랑뿐이라 행복하다.

세상에 나왔으면 사람답게 사는 것을 목적으로 삼을 일이다.

쩨쩨하게 굴지 말고 통 크게 한번 살아봐야 하지 않겠는가?

'세상의 마음'으로 세상 되어 사는 일은 그 어떤 일과도 비교되지 않는 내가 세상에 태어난 이유와 목적이다.

내면을 바라보는 가슴 눈을 뜨고 지혜와 순리로 지금 여기에 마냥 행복한 사람으로 사는 것, 참으로 기쁜 일 아닌가?

마치는 글

길을 잃었을 경우에는 허둥대며 이리저리 우왕좌왕하지 말고, 그 자리에 멈춰 서야 한다. 그런 다음 좌우를 살펴 방향을 잡아야 한다. 그렇지 않으면 괜히 힘만 축내다가 변고를 당할지도 모른다.

요즘은 대중교통이 사통팔달로 연결되어 있어 참 편리하다. 그 중에서도 약속시간을 제대로 맞춰 가려면 지하철만한 교통수단은 없지 싶다.

자주 가는 곳이 아니면 지하철을 내려서 방향을 잃게 되는 경우가 종종 있다. 이럴 때는 출구 근처에 붙어 있는 주변 안내지도를 보는 것이 최상이다.

안내지도를 보면 지금 서있는 현재의 위치를 빨간색 화살표로 표시한 것이 눈에 띈다. 그것은 지금 위치해 있는 곳을 아는 것이 길을 찾는 중요한 단서 내지는 출발점이기에 그렇다.

우리가 살아가는 것도 이와 다르지 않다. 삶이 힘에 부치거나 해결의 실마리를 찾지 못해서 어려움에 처한 경우에는 일단 멈춰 서는 지혜가 필요하다.

멈춤은 삶의 목적지를 향하고 있는 지금의 내 모습을 보는 것이다. 지하철의 안내지도처럼 현재의 나의 위치를 정확하게 짚어볼 수 있는 순간이다.

한편으론 길을 잃었다는 것은 향하고 있던 목적지가 있었음을 의미한다. 목적지가 없었으면 길을 잃고 헤맬 이유도 없다. 그러니 길을 잃었다고 의식할 수 있음은 어쩌면 다행스러운 일인지도 모른다.

문제는 삶의 목적한 바가 없음이다. 목적이 없다는 것, 목적한 바가 없다는 것은 정처 없이 떠도는 떠돌이 인생을 사는 일이다.

아프고, 슬프고, 힘들다는 것은 목적을 바로 세우지 못했음을 의미한다. 내가 가야 할, 나의 길을 세우지 못하고 남이 만들어놓은 남의 길을 가려니 힘들고 지칠 수밖에 없다.

내 앞에 벌어지는 세상의 일들에는 의미 없는 일이란 없다. 나를 가르치려 세상이 전해 주는 감사함의 조건들이다. 무릎을 꿇고 받아야 한다.

삶의 목적을 중심으로 삼고 살았는데도 길을 잃었다면, 그 해결책은 의외로 간단하다. 마음만 바꾸어 먹으면 되기 때문이다. 목적이 잘못된 것이면 수정하면 되고, 판단이 잘못되어 방향을 잃은 것이면 방향을 다시 설정하면 된다.

'이제는 나도 나이를 좀 먹었구나.'라고 인정하는 어른이라면, 한 번쯤은 삶의 목적을 살펴볼 일이다.

목적은, 태어난 뜻과 의미를 담고 있어야 한다.

목적은, 호흡이 멎는 그 순간에도 나일 수 있는 것이어야 한다.

목적은, 삶의 그 어떤 것과 비교해서도 순위가 밀리거나 가려질 수 없다.

목적은, 삶의 모든 일들은 목적을 이루고 사는 일에 초점이 맞춰져 있다. 삶으로 인해서 펼쳐지는 일상들은 목적을 위한 세상의 학교가 주는 감사함이다.

목적을 세우는 일은, 가슴 눈을 뜨는 순간이다.

목적을 세우는 일은, 스승, 부모, 어른, 지도자의 출발이다.

태어난 뜻과 의미를 분명하게 담은 목적을 세우고 나면 세상을 다 얻은 기분일 것이다. 아니, 세상을 다 얻은 것과 마찬가지다.

세상의 이치가 저절로 드러나는 것을 실감하게 된다.

답답하게 짓누르던 일상의 사소함 따위는 소슬바람에도 맥없이 나뒹구는 무서리 내린 가을날의 가랑잎일 뿐이다.

우리의 태어남은 기적이다. 풀 한 포기 나무 한 그루도 나름의 목적이 부여된 창조물이다. 하물며 사람이야 이루 말할 필요가 없다.

태어남 자체가 기적인 사람이기에, 세상에 나온 우리에게는 분명한 뜻과 의미가 있다. 이 뜻과 의미를 상실한 삶은 그 자체로 허자체일 수밖에 없다. 그러므로 '삶의 목적을 깨닫는 일'은 허허로움에서 벗어나는 부활의 날갯짓임에 틀림이 없다.

아무쪼록 두서없는 글을 통하여 인생의 목적을 다듬질하는 계기가 되었기를 간절히 기대한다.

출간후기

행복은 바로 지금 여기에서
반짝이고 있습니다

권선복
도서출판 행복에너지 대표이사

무소유無所有의 정신으로 널리 알려진 법정 스님은 '행복'에 대해
다음과 같이 말했습니다.

"행복의 비결은 필요한 것을 얼마나 갖고 있는가가 아니라, 불필
요한 것에서 얼마나 자유로워져 있는가 하는 것이다."

우리들은 어떻습니까?

그저 남들보다 하나라도 더 갖기 위해 앞도 뒤도 없이 달려오기
만 하지 않았나요?

정작 자신에게 중요한 것은 외면한 채 세상의 헛된 눈높이에만

맞춰 산 건 아닌가요?

그 때문에 삶에 꼭 필요하지 않은 것들까지 겹겹이 쟁여놓지 않았나요?

이 책 『행복, 철들어 사는 재미』의 박종구 저자는 '행복'에 대한 확실한 방향성을 제시합니다.

"우리의 삶의 목적은 행복이다. 지금 여기에서 행복하지 않다면 멈추고 바라보고 내려놓아야 한다.

우리는 지금 삶이라고 하는 이름의 패키지여행을 하고 있다. 나라고 하는 몸뚱이를 마음이라고 하는 실체도 없는 가이드가 안내 중이다.

이제는 따지고 물어야 한다. 그렇지 않으면 중간지점 어느 곳에서는 포기하거나 좌절할 것이다. 아니면 삶의 종착지인 죽음 앞에서 심한 상실감으로 몸부림을 치게 된다."

만약 저자의 얘기에 슬며시 고개를 끄덕이고 있다면 우리 모두 더 늦기 전에, 잠시 멈춰 서서, 삶을 바라보면서, 욕심은 내려놓고, 지금 여기 이 순간을 더없이 소중히 여겨야 할 때가 된 것입니다. 그래야 누구도 피할 수 없는 죽음의 문턱에 들어서는 순간, 땅을 치며 후회하는 우愚를 범하지 않을 테니까요.

박종구 저자는 또 말합니다.

"어른을 판단하는 기준은 나이가 들었음이 아니라, 행복한 사람인지 아닌지의 가부에 따라 결정된다는 생각이다. 왜냐하면 '행복'은 물음에 답을 찾아가는 와중에 '깨달으며 사는 재미'이기 때문이다."

이 책의 제목이 『행복, 철들어 사는 재미』로 결정된 이유이기도 합니다.

그렇습니다. 행복은 결코 멀리 있지 않습니다.

행복은 바로 지금 여기에서 늘 반짝이고 있습니다. 다만 그것을 깨닫느냐 못 깨닫느냐는 순전히 자신의 몫인 것입니다.

부디 삭막한 현실 속에서도 행복을 나누기 위해 책을 쓰게 된 저자의 진심이 100퍼센트 전해져서, 독자여러분 모두가 진정한 어른으로 거듭 태어나 철들어 사는 재미인 행복을 찾게 되기를 소망하며, 이 책이 행복의 씨앗이 되어 더 활기차고 팡팡팡 행복에너지 넘치는 인생을 살아가길 기원합니다.

맨땅에서 시작하는 너에게

이영훈 지음 | 값 15,000원

젊은 사회적 기업가 이영훈의 자전적 에세이인 이 책은 맨땅에서 인생을 시작하는 청춘들에게 미래에 대한 희망과 충만감을 심어 주는 받침대가 되어 줄 것이다. 어린 시절 아버지가 돌아가시고 어머니는 떠나버려 동생과 함께 고아원에서 자란 과거는 언뜻 아픈 상처처럼 느껴질 수도 있다. 하지만 그럼에도 불구하고 이영훈 저자는 자신의 인생을 통해 따뜻한 마음과 활발한 개척정신을 이야기하며 우리를 도닥여 준다.

산에 가는 사람 모두 등산의 즐거움을 알까

이명우 지음 | 값 20,000원

등산 안내서라기보다는 등산을 주제로 한 인문학 에세이라고 부를 수 있는 책이다. 등산의 정의와 역사를 소개하고, 등산이 가지고 있는 매력을 소개하는 한편 등산 중 만날 수 있는 유익한 산나물과 산열매, 야생 버섯과 꽃 등에 대한 지식도 담아 인문학적 요소, 문학적 요소, 실용적 요소를 모두 갖춘 등산 종합서적이라고 할 만하다.

꽃으로 말할래요

임영희 지음 | 값 15,000원

임영희 시인의 제4시집 『꽃으로 말할래요』는 '꽃'으로 상징되는 자연의 다양성과 그 생명력, 거기에서 느낄 수 있는 근원적 아름다움에 대한 갈망을 느낄 수 있는 작품이다. 오로지 '꽃'이라는 소재를 사용한 160여 개의 작품으로 이루어져 대한민국에서 유일한 '꽃' 시집임을 자부하는 임영희 시인의 『꽃으로 말할래요』는 우리가 오랫동안 잊고 있었던 미(美)에 대한 순수한 두근거림을 전달해줄 것이다.

'행복에너지'의 해피 대한민국 프로젝트!
〈모교 책 보내기 운동〉

대한민국의 뿌리, 대한민국의 미래 **청소년·청년**들에게 **책**을 보내주세요.

많은 학교의 도서관이 가난해지고 있습니다. 그만큼 많은 학생들의 마음 또한 가난해지고 있습니다. 학교 도서관에는 색이 바래고 찢어진 책들이 나뒹굽니다. 더럽고 먼지만 앉은 책을 과연 누가 읽고 싶어 할까요? 게임과 스마트폰에 중독된 초·중고생들. 입시의 문턱 앞에서 문제집에만 매달리는 고등학생들. 험난한 취업 준비에 책 읽을 시간조차 없는 대학생들. 아무런 꿈도 없이 정해진 길을 따라서만 가는 젊은이들이 과연 대한민국을 이끌 수 있을까요?

한 권의 책은 한 사람의 인생을 바꾸는 힘을 가지고 있습니다. 한 사람의 인생이 바뀌면 한 나라의 국운이 바뀝니다. **저희 행복에너지에서는 베스트셀러와 각종 기관에서 우수도서로 선정된 도서를 중심으로 〈모교 책 보내기 운동〉을 펼치고 있습니다.** 대한민국의 미래, 젊은이들에게 좋은 책을 보내주십시오. 독자 여러분의 자랑스러운 모교에 보내진 한 권의 책은 더 크게 성장할 대한민국의 발판이 될 것입니다.

도서출판 행복에너지를 성원해주시는 독자 여러분의 많은 관심과 참여 부탁드리겠습니다.

도서출판 **행복에너지** 임직원 일동